KB195531

유목의 바람이 쉬어가는
높은음표 마파지

이순애 수필집

마파지 텃밭에서 바라본 한국가톨릭 성지 레지오 마리애 기념관.

유목의 바람이 쉬어가는
높은음표 마파지

이순애
수필집

흙 바람벽 돌담 주홍의 능소화나무 몇 그루 심고
뒤안에는 올망졸망 장독대도 만들어
작달비 쏟아지면 달려 나가고
마파지 산비탈 잔등 길, 솔나무 자태도 통창 안에 옮겨 놓고

문학들

시작 노트를 쓰다, 희망 사항으로 쓴다

툇마루가 달린 창 넓은 통나무집을 짓고 싶었다.

레지오 마리애 대성전이 마주 보인

아슬한 바람이 불쑥거리는

목포 제2수원지였다는 메뚜기 이마빡 같은 작은 산동네

흙 바람벽 돌담 주홍의 능소화나무 몇 그루 심고

뒤안에는 올망졸망 장독대도 만들어

작달비 쏟아지면 달려 나가고

마파지 산비탈 잔등 길, 솔나무 자태도 통창 안에 옮겨
놓고

서까래 들쑥날쑥한 은밀한 천창 달린 다락방도 만들어
희망 같은 딸에게 "사랑한다 이쁜 딸" 뜬금없는 문자도
띄우고
변덕 부린 여우비에 나팔꽃 같은 녹슨 두 귀를 닦아도
보고

햇살 짱짱한 날엔 잡풀 무성한 텃밭 주인 호기도 부려
보며
막 뜯은 여린 상춧잎 훌훌 씻어 채반에 받쳐 놓고
해 질 녘, 땅거미 납작해지면 흙벽돌 화덕에 삼겹살 옴
팡지게 구워
마파지길 얄미운 이웃들과 달달한 막걸리 사발 부딪혀
보고

봄꽃 환할 때, 집 짓기 그림만 대책 없이 그리고 살다가

그만, 순번을 대책 없는 아들에게 뺏겼다

아들은 여름날 열 평도 채 안 된 오종종한 네모상자 집
을 앉혀 놓고

저 혼자만의 우주를 제작하고 있다

바람 같은 아들아! 철없는 아들아!

에미가 그린 그림은 이게 아니었어야! 아니라니까!

독립군처럼 부르짖는다

그 누구보다 치열하게 살아온 말 없는 것들의 위로

유목의 바람이 쉬어가는 높은음표 마파지

난, 소박한 통나무집 그림을 다시 눈부시게 그리는 중
이다.

| 차례 |

제2장 도전은 늘, 찬란한 통증

제3장 햇살 같은 인연

제1장

막걸리는 밥이다

살면서 같이 사는 사람이 더러 소원해질 땐 아련한 정념의
시간들이 그리워진다. 밀보리가 익어가는 이맘때면 남해
쪽빛 그 한적한 포구에서 가시나무 새처럼 시린 몸짓으로
쓸쓸히 손 흔들던 그 청년의 모습이 먹물처럼 번진다.

「전라도 처녀와 경상도 총각」 중에서

푸른 날의 기행
― 스물한 살, 무모했던 열정

아홉 남매 중 딸이 일곱인 딸부잣집이던 우리 집은 일로읍에서 2km 거리를 둔 평범한 농촌 마을에 자리하고 있다. 마을 뒷산 너머엔 무안 연꽃 방죽이 펼쳐지고 동네 건너편엔 영산강을 아우른 영암 월출산이 보인다. 추석 명절 산에 올라 보면 우리 집은 뒷산을 중심으로 한가운데 아담하게 자리하고 있다.

유년 시절의 우리 집을 회상하면 완고한 성품을 지니신 할머니께서 여름날 사그락거리는 말간 모시치마를 에둘러

입으시고 집 안 곳곳을 배회하시고, 그 옆에서 딸·딸·딸만 낳으시고 풀죽어 있는 엄마의 수척한 모습이 어른거린다.

어느 봄날, 그토록 원하고 바라던 남동생이 태어났다. 할머니의 기뻐하시던 모습을 잊을 수가 없다. 학자 풍이셨던 할아버지께선 내가 초등학교 1학년 손녀딸만 셋일 때 아들 손자를 못 안아 보시고 돌아가셨다. 대쪽 같으신 할머니는 훗날 기어코 당신의 유일한 독신 아들에게서 아들 손자 둘을 보시고 눈을 감으셨으니 호사하셨으리라.

첫 남동생이 태어났을 때 아버지는 마을 이장을 맡아 하시던 때라 할머니께서 돼지 한 마리를 잡게 해 동네 사람들과 한바탕 잔치를 벌이셨다. 지금도 새록새록 기억나는 건 맏딸인 내가 너댓 살쯤일까. 아버지가 군 제대를 하셨는데 그때 갖다준 군용 건빵 맛이 어찌나 맛있었던지…

전쟁 중이었으므로, 할머니께선 외아들이었던 아들을 군대에 안 보내려고 아버지를 멀리 섬에까지 은둔시키며 안간힘을 쓰셨지만 결국 아버지는 국가의 부름에 응해 육군하사로 5년을 복무하시고 제대하셨다. 그 후 고등교육까지 받으셨으나 평생을 전원에서 지내시며 당신의 꿈을 접으신 채 살아오셨다.

가슴 아픈 건 내 유년 시절 딸부잣집이자 엄격했던 충충시하 시 동기간을 뒷바라지만 하신 어머니의 고달픈 일상이었다. 어머니는 외할아버지께서 조합장까지 지낸 유복한 집안의 맏딸로 중등교육까지 받으셨다. 어머니는 여덟 명 형제 자매 중 맏딸이셨다. 나보다 한 살 위였던 막내외삼촌이 있었는데 예의 바르고 공부 잘한다고 엄마는 늘 칭찬과 자랑을 하셨다.

막내 외삼촌은 방학 때면 큰누나 집인 우리 집으로 애콩(완두콩) 칼국수가 맛있다고 꼭 오셨다. 나도 부잣집 막내딸이었다면 삼촌처럼 대학생이 될 수 있을 텐데… 의과대학에 다닌 삼촌이 늘 부럽기만 했었다. 그 삼촌은 지금 광주에서 이비인후과 의학박사로 열심히 의료 봉사도 하시며 병원을 운영하고 계신다.

이제 고인이 되신 외할머니. 그 시절 여름엔 보리밥을 주로 먹고 살 때였는데, 외할머니께서 가끔 일하는 머슴과 함께 오셔서 쌀가마니를 부려주고 가시곤 했다. 보리밥만 먹고 살아갈 당신 딸이 늘 맘에 걸려 손수 쌀을 가져다주시던 외할머니가 오실 땐 얼마나 좋았던지… 그런 날에는 밥그릇에 보리밥보다 흰쌀밥이 수북하게 담겼다.

그 시절엔 돼지가 새끼를 낳으면 열너댓 마리씩 낳곤했는데 한 달 남짓 키워 장날에 팔아 그 목돈을 고모들과 우리들 학비로 쓰는 게 유일한 경제수단이었다.

아버지께서 마을 이장을 하실 때도 어머니는 옆에서 부녀회장 직분으로 내조를 잘하셨다. 내가 단발머리 소녀 땐 서울에서 유학하는 고모가 틈틈이 안데르센 동화책을 사보내줘서 즐겨 읽을 수 있었고, 밤에는 라디오 별밤지기 방송을 들으며 작가의 꿈도 꾸었다.

들녘에 일 도우러 나갈 때도 내 허리엔 늘 작은 트랜지스터가 매달려 있었다. 지금 막걸리를 썩 잘 마실 수 있는 것은 그때 아버지 심부름으로 동네 점방으로 새참 술 심부름을 하면서 삼분의 일 분량쯤 홀짝홀짝 몰래 마셔 본 술맛 때문이다. 아버지는 "어째 술량을 무장 더 적게 준다냐" 하시며 점방집 아줌마를 애꿎게 나무랐다.

지금은 영산강이 개간이 돼 논으로 변했지만 그땐 마을 앞 영산강에서 서렁게, 맛, 낙지, 운저리, 대가니, 장어 등 여러 어류가 많이 잡혔다. 일 년 치 품삯을 받고 집 일을 해주던 아저씨가 가끔씩 강에서 잡아와 뒷마당 아궁이에 불 지피고 구워 먹던 그 맛을 이제는 어디에서도 맛볼 수 없다.

밤이면 은모래가 사각거리던 강변을 잘 튕기지도 못하는 통기타를 메고 뛰어놀던 영화 같은 추억들. "딸부잣집 맏딸로 타고났구나, 야무지게 동생들 잘 돌보고 집안일 잘하고" 동네 어르신들께선 늘 격려와 칭찬을 해주셨다.

소녀에서 성숙한 처녀로 나래를 펴고 지낼 쯤엔 4H구락부 회장으로 마을에서 추천해 그 일에 열성을 쏟기도 했다. 농촌 청소년 수련회에도 참석하는 등 이색적인 다른 농촌 문화에 대한 견문도 넓혔다.

매년 한가위 명절이 다가오면 인근 부락과 합류해서 콩클대회를 연례 행사로 치렀다. 스물두 살 때쯤일까. 재치 있게 말 잘한다며 콩클대회 사회를 보라고 마을 청년회 오빠들이 추켜세우는 바람에 철없이 무대 위에서 마이크를 잡기도 했다. 우리 마을 사람들과 이웃 마을 그리고 명절 이어서 타지에서 온 사람들 앞에서 무모한 당당함으로 부끄러움도 모르고 어설픈 사회자 역할을 해냈다.

그 시절 농촌의 방송 매개는 처마 대들보 기둥에 매달아 놓은 스피커였다. 작은 네모 박스 안에서 흘러나오는 방송은 농촌의 유일한 정보통이었는데, 그날 밤 스피커 방송을 통해 새어나오는 내 목소리를 집에서 듣고 계시다가 아버지는 급기야 무대 앞까지 오셔서 "조신치 못하다"며 꾸짖으셨는데 청년 오빠들 만류로 못 이기신 척 되돌아가셨다.

그래도 엄마는 4H회장 하면서 콩클대회 사회를 본다는 딸을 곱게 단장 해주고 싶으셨는지 일로 장날 예쁜 갑사 한복을 한 벌 사주셔서 스물한 살 꽃단장에 소박한 아름다움을 나름 뽐내기도 했다.

수많은 별빛처럼 무심히 흔들고 지나간 젊은 날의 빛바랜 일상의 묶음들. 어디에서 실버노래자랑대회가 있으면 아버지는 열 일 제쳐두고 참여하셨다. 목청이 좋으셔서 읍내 노래 교실에선 으뜸으로 노래를 잘 부르신다고 은근히 자랑하신다. 〈전국노래자랑〉에 한 번 출전해 보시는 게 꿈이라 하셨지만 예선에서 두세 번 고배를 드셨다. 특별한 장기가 있지 않고선 어려운 관문이었다. 지금은 체념하신 것 같지만 그래도 못내 아쉬워하신다. 가끔 읍내 노래자랑에 참가해 여흥을 즐긴다고도 하신다. 가족들 행사가 있을 때 함께 노래방 가게 되면 유행하는 신곡만 찾아 부르신다는~

우리 아홉 남매가 아직까지 무탈하게 살아갈 수 있는 것도 사랑의 조율사 역할을 잘 해주신 엄마의 덕택이다. 몇 년 전에는 서울 K와 M, 두 공중파 방송에 부모님을 비롯해 아홉 남매의 일상이 소개되기도 했다. 방송 작가들이 내려와 이틀씩 취재해 전국 아침방송 전파를 탔다.

언제나 자식들에게 밑밥지기로 살아오신 부모님.

오늘은 새삼 "아부지 엄마 사랑해요"라고 무한한 감사의 전화를 드려야겠다.

막걸리는 밥이다 1

포롱포롱 냇물 흘러가는 소리가 그리운 가을날이다. 직
선으로 흐르는 것보다 때론 허접한 돌틈을 채우며 구비구
비 휘어져 흐르는 물이 여유로움을 갖게 해준다.

난, 작은 들꽃 향이 좋다. 온실에 옮겨 때마다 물을 주
며 키우는 화초보다는 특별히 보아주는 이 없어도 물바람
으로 피워 내는 들꽃의 여린 미소가 좋다. 어쩌면 내가 지
극히 빼어나지 못하기에 화려함이 없는 소박한 들꽃에게
위로받고 싶어 하는지도 모른다.

난 박인환 님의 시 「목마와 숙녀」를 곧잘 읊조렸다. 그 시어와 같이 버지니아 울프의 생애를 굳이 말하지 않더라도 그냥 만나면 한결같은 사람들과 곡차 한 잔씩 나누며 소박한 사람들 속에 물들고 싶다.

홍역처럼 달아오른 여름의 열정을 거품으로 가라앉히는 솜사탕 같은 차가운 맥주도 좋고, 잘깍이는 작은 잔에 따라 쏙 들이켤 때 목젖을 강타하는 알싸한 소주도 좋다. 요즘엔 건강 기호 식품 술이라며 다양한 곡물로 제조해 내는 걸쭉한 막걸리 또한 일품이다.

나에게 막걸리는 유년 시절 달달하게 단술로 끓여 마신 유일한 밥 같은 음료였다. 집에서 엄마가 정성스레 빚은 발효가 잘된 동동주 맛은 지금도 잊을 수 없다. 이젠 연로하심에 술 빚는 일을 제쳐두신 지 오래되셨다.

술 담그는 날에는 가마솥 시루에 찐 밥이 얼마나 고소한지 모른다. 뜨거운 김이 숭얼숭얼 오르는 마당 멍석에 시루째 쏟아 놓은 고두밥(찹쌀밥, 조밥)을 식힌 후 잘 숙성된 누룩과 적당히 버무려 항아리에 담아 미지근한 아랫목에 이불과 담요로 덮어 두고 일주일쯤 푹 발효시킨다. 그

시절 엄마가 담근 동동주 맛은 그 어떤 술하고 비교할 바
가 아니었다.

또한 동동주 안주엔 남도 사람들이라면 잔칫날 기호 식
품인 홍어 안주를 첫 번째로 꼽는다. 아버지는 제사 때나
집안 큰일을 치를 때는 닷새마다 열리는 장날 꼭 홍어를
사오셨다. 비료 포대 종이 안쪽을 뜯어내어 펼쳐 놓으시고
그 위에 납작한 홍어를 잘 손질하셨다.

미끈거리는 곱을 제거하기 위해 부드럽게 볏짚을 뭉쳐
닦아 낸 후에 적당히 등분을 한 후 작은 옹기 항아리에 약
간의 볏짚을 홍어 사이에 켜켜이 넣고 밀봉한 후 서늘한
광 한 켠에 며칠 숙성시킨 후 꺼내어 얇게 저미듯 썰어 음
식상에 올리셨다.

고소하고 달짝한 홍어 애는 따로 손질해 즉석에서 술안
주로 먹거나 푸릇한 곰밤부리 나물하고 새싹 보리잎을 넣
고 된장으로 간을 맞춰 푹 끓이면 홍어 애의 독특하고 알싸
한 냄새가 온 집안 가득해 콧속까지 뻥 뚫리는 것 같았다.

막걸리는 밥이다 2

− 술병 나붓는디, 뭔 술을 담근당가요?

그 시절에는 세무서에서 밀주 단속을 했다. 집에서 누룩으로 술을 담가 먹다가 적발되면 상당한 벌금을 내야 했다. 단속 요원이 마을 어귀에 나타나면 집집마다 담가둔 항아리를 숨기느라 동분서주했다.

우리 집도 예외는 아니었다. 다행히 우리 집은 마을 어귀에서 떨어진 동쪽 끝에 있어서 단속 요원이 들이닥치기까지는 숨겨 놓을 여유가 있었다. 그날도 들에서 일하시는 아버지한테 새참에 가져갈 술을 거르느라 엄마와 나는 분주했었다.

한참을 술 거르는 중에 단속 조사반이 나타났다는 소식에 엄마와 난 술독을 감추기에 정신이 없었다.

"워메! 이것을 엇따 감춘다냐! 걸리게 되믄, 벌금이 불보듯 훤한 일인디!"

엄마는 순간, 정재(부엌) 구석 나뭇단을 쌓아 놓아 방공호처럼 된 구덩이를 눈짓으로 가리키셨다.

그 구덩이는 가을에 고구마를 캐서 등재와 섞어 묻어 두고 겨우내 간식거리가 돼주는 고구마 구덩이였다. 여름철이라 비어 있는 구덩이엔 물이 가득 넘실거렸다. 엄마는 게눈감추듯 술독을 고구마 구덩이에 그대로 집어넣었다.

"엄마 술독에 물 다 들어 가블것네."

"지금 물 들어간 것이 대수냐?"

엄마는 다시 나뭇단을 개켜 쌓은 후 곧이어 술 거른 채와 옴박지를 씻은 후 얼른 방으로 들어가 버리셨다. 설강(찬장) 옆 배람빡(벽)에 걸려 있는 술을 거르다 만 보름달만 한 채에서 술 물이 뚝뚝 떨어지고 있었다.

방으로 황급히 들어가시면서 벗은 엄마의 흰 고무신 한

짝이 부엌 바닥에 내동댕이쳐진 순간, 단속 요원이 부엌으로 잽싸게 들이닥쳤다. 난, 지금 생각해도 웃음이 터져 나온다. 단속 조사반 두 사람은 여기저기 두리번거리며 술 냄새를 맡았다.

배람빡에 빼꼼하게 걸린 술 거르는 채는 아직 술 냄새를 풍기며 물기를 머금고 있었다. 난, 토끼 눈을 하며 천연스레 말했다.

"우리 할아버지도 술병으로 돌아가셨고 울 아부지도 술병 나서 누워 계신당께요. 그놈의 술이 우리 집은 원수랑께요. 그런디 뭔 놈의 술을 담가 묵고 산당가요?"

단속 반원 두 사람은 그러는 나를 잠시 째려보더니 "분명 술 냄새가 나는 것 같은데?" 고갤 갸우뚱거리며 이곳저곳을 둘러보다가 그냥 돌아갔다.

그 단속반들이 저만치 사라진 후에 엄마와 난 황급히 구덩이 위에 쌓아둔 나뭇단을 젖혔다. 술 항아리는 그대로 물 위에 비스듬히 누워 떠 있고 물도 새어들지 않았다.

그 후로 딱, 한 번 광 선반 위에 올려 두었던 누룩을 엄마가 무방비 상태에서 들킨 일 외에는 밀주 법이 해제되기

전까지 몇 번 더 고구마 구덩이에 술 항아리가 처박히곤
했다.

밀주 단속 후 한동안은 마을 점방에서 막걸리를 팔았
다. 그 무렵 나는 아버지 술 심부름으로 막걸리에 은밀한
맛을 들이고 있었다. 가게 주인은 한 되 주전자에 정량을
채웠을 텐데 도중에 내가 몇 모금씩 홀짝 한 것이다. 아버
지는 그때마다 가게 아줌마 탓을 하셨다.

"어째 갈수록 술 양을 적게 준다냐?"

못내 미심쩍어하시던 아버지는 어쩌면 내가 슬쩍 마신
걸 은근 알고 계셨는지도 모른다.

나는 술의 미학을 개론할 정도의 애주가는 못 된다. 가
끔 술자리에서 분위기 조성을 할 뿐이다. "차 한잔에 성사
를 못 이뤄도 술 한잔은 성사가 이뤄진다." 이 역시 술에
대한 아버지의 예찬론이다.

술자리가 있으면 자가 운행은 절대 사양한다. 잠깐의
방심으로 패가망신하는 일을 겪는 사람이 부지기수다. 곡
차 한잔의 여유와 알싸함은 고단한 하루를 위로해 주고 침

체되고 의기소침한 마음들을 낫낫하고 의기롭게 만들어 주기도 한다.

불행인지 다행인지 아웅다웅하는 옆지기는 술을 못 마신다. 예전에 할아버님이 집 안에 소주 독을 들여놓고 사셨다고 한다. 요즈음 웰빙차가 얼마나 다양한가. 그저 몸에 좋다는 건강 차를 골고루 섭렵해 마신다.

나는 여태껏 햇볕만 찾아다녔을까? 몸의 균형을 잃어가는 듯하다. 이젠 자신을 더 사랑하려면 어둠 속을 걸어가는 연습이 필요하겠다. 발 노릇을 해준다는 자동차에 수년 동안 길들여진 탓인지 몸무게만 더해가고 있다. 오랜만에 동창 모임에 가도 건강에 관한 얘기뿐이다.

해가 바뀔 때마다 다짐해 놓고 사흘이 되기도 전에 스스로와의 약속을 지키지 못하는 나는 정치판 청문회 주인공들과 다를 바 없다. 친구도 그렇고 한 잔의 곡차도 그렇고, 음악이며 여행 등을 마냥 좋아하기 전에 정작 감사하며 고마워해야 할 가족들에게 훗날 버거운 짐이 되지 않도록 늦었지만 지금부터라도 나를 관리하는 일이 우선이다.

"영원히 살 것처럼 꿈을 꾸고 내일 죽을 것처럼 오늘을 살아라."

제임스 딘의 짧고 멋진 말이다.

생강 도넛과 첫사랑

지금도 나는 빵 가게에서 큰 오리알 모양의 찹쌀 도넛을 보면 유난히 생강 도넛을 좋아하던 선생님 한 분이 떠오른다. 강원도 황지읍에서 중학교 다닐 때, 음악과 수학 과목을 가르치셨던, 무던히도 소녀들의 가슴을 은근히 흔들어 놓던 총각 선생님의 살인미소가 생각나곤 한다.

유일한 단벌 와이셔츠에 소매를 걷어 올린 소탈함까지도 멋져 보였고, 쌍꺼풀이 안 된 비범해 보인 눈빛도 매력이 있어 보였다. 지금 생각해 보면 열여섯, 열일곱 살이 그렇게 발칙한 상상을 꿈꿨는지 모를 일이다. 난, 틈만 나면 그 총각 선생님께 노래를 연습한단 핑계로 음악실을 종종 거렸다.

일로에서 강원도 황지까지 그 시절 빠른 교통수단으로는 유일했던 열차를 종일 타고 갔었다. 고모는 내가 다닌 중학교 옆 교회 유치원 교사로 발령을 받아 사택에서 함께 살았다. 서울에서 유학 생활을 했던 고모는 서울에 다녀올 때면 내게 예쁜 원피스를 사다줬다. 주위 학생들에게 부러운 눈길을 받기도 했다. 어느 날, 같은 반 남학생과 영화 구경을 다녀오다 사감 선생님보다 더 무서운 고모에게 들켜 회초리를 맞기도 했다.

매년 교내 음악 콩쿨대회가 있었는데 2학년 때 콩쿨대회에서 1등 상을 받기도 했다. 봄 소풍 땐 선생님의 관심을 받으려고 선생님이 잔디밭에 누워 하모니카를 불면 그 옆에서 난, 고모 몰래 교복 밑단을 짧게 줄여 만든 스커트를 팔랑이며 눈빛을 반짝거렸다.

황지 읍내에 생강 도넛을 맛있게 구운 조그만 빵집이

있었다. 오리알만 한 도넛에 생강즙을 오돌토돌 발라 구워낸 찹쌀 도넛은 생강즙이 적당히 배어 느끼한 맛이 나질 않고 정말 고소하고 맛있었다.

어느 날부터 가끔 음악 선생님은 생강 도넛을 사오라는 심부름을 내게 시키셨다. 선생님이 매력적인 눈웃음을 내게 그윽히 보내올 땐 가슴이 콩닥거려 얼굴이 붉어지곤 했다. 내가 사다 준 생강 도넛을 선생님이 맛있게 드시리라는 생각에 심부름을 갈 때면 너무 즐겁고 행복했다. 금세 나는 종달새가 되어 하늘을 날았다.

그러나 생강 도넛의 애틋한 심부름도 그리 오래가진 못했다. 그날도 선생님은 어김없이 생강 도넛 심부름을 시키셨다. 난, 늘 그랬듯이 폴짝폴짝 뛰어가 곧장 사다 드렸다. 그러고선 맛있게 드시고 계실까? 궁금한 마음에 살짝기 들여다보고 싶어 선생님이 계신 사택 방앞으로 살금살금 발을 옮겼다.

문이 반쯤 열려 있는데 살랑거린 여자 웃음소리에 난, 그만 주저앉고 말았다. 열여섯 살 앙가슴을 설레게 한 그 총각 선생님은 같은 학교 여선생님과 달달한 눈빛을 나누며 내가 사다 준 맛있는 생강 도넛을 함께 먹고 있었다.

같은 사택 생활이다 보니 더 조심스러웠고 평소에도 감히 선생님 방엔 들어갈 엄두도 낼 수 없었는데, 두 사람이 다정하게 먹는 걸 보자 나도 모르게 닭똥 같은 눈물이 뚝뚝 떨어졌다. 헤실거리며 노래하던 종달새 한 마리가 수만 리 낭떠러지로 떨어지고 있었다. 열여섯 가슴앓이를 한 혼자만의 철없는 사랑 노래였다.

강원도 황지에서 나는 방학이 되어야 시골집으로 내려가곤 했는데, 어느 이른 봄날 고향 집에서 연락이 왔다. 어머니가 드디어 남동생을 낳으셨다는 기쁜 소식이었다. 급히 내려오라는 할머니의 엄명에 철부지 짝사랑으로 한가롭게 가슴앓이할 시간이 내겐 허락되지 않았다.

딸만 일곱인 딸부잣집에 그토록 온 식구가 오매불망 기다리던 남동생이 태어났다는 소식에 슬퍼할 겨를도 없었다. 강원도 삼척, 탄광 마을 황지 그리고 총각 선생님과는 그렇게 혼자만의 슬픈 작별을 했다.

미다스 손 1

싸득싸득 찬바람이 목덜미로 스며들 때면 505 털실로 짠 두툼한 목도리가 그립고 만화책에 단골처럼 나오는 군고구마 장수 털보 아저씨 헤벌쭉한 캐릭터가 떠오른다.

열아홉 살 내 손은 사내아이 손처럼 투박하고 한겨울엔 손등이 부르트곤 했었다. 열 명이 넘는 북적거린 식구들의 하루가 끝나는 저녁이면 들일을 끝내고 들어오신 아버지가 벗어 놓은 옷부터 툇마루에는 빨랫감들이 늘 수북했다.

요즘 같으면 버튼만 누르면 건조까지 다 되어 나오는

첨단 자동세탁기가 주부들의 일손을 수월하게 덜어 주지만, 딸부잣집 맏이였던 난, 어머니와 늘 온 가족 빨랫감을 큰 양은 다라이에 담아 머리에 이고 논둑 옆 큰 들샘이라고 부르는 빨래터로 가지고 가 시린 맨손을 호호 불며 빨래를 해야 했다.

우리 집처럼 식구가 많은 집은 한겨울 빨래를 해 나르는 일이 정말 힘겨운 일거리 중 하나였다. 앞마당에 간짓대를 세운 빨랫줄에 굴비처럼 바짝 날이 선 빨래들은 해 질 녘이 되어야 해실거렸다. 그 시절엔 고무장갑도 없었다. 고무장갑은 내가 결혼한 후에야 나온 것으로 기억한다.

그 시절만 해도 집 안에 각각 우물이 없던 터라 농사일을 거드는 일 년 세경(1년치 품삯)을 받고 일 도와주는 사람이 등 바지게로 마을 샘터에서 물을 길어다 큰 항아리에 채우는 일이 하루를 시작하는 일과였다.

여름 방학이면 나는 할머니와 엄마를 따라 틈틈이 들에 나가 긴 밭두렁의 깨밭이나 콩밭의 풀을 맸다. 콩밭에 듬성듬성 자란 어린 모종을 잘 솎아내어 적당한 자리에 배치하면서 풀을 매는 일인데, 움푹움푹 매다가 여린 콩 싹이

뭉개지거나 뽑히기라도 하면 어찌 그리 섬머슴 같으냐며 할머니의 꾸중을 듣기도 했다. 그래도 할머니는 맏이답게 동생들 잘 돌보는 큰손녀라며 동네 사람들 앞에선 칭찬을 아끼지 않으셨다.

대쪽 같은 성품의 할머니와 엄마는 그 긴 콩밭 고랑의 풀을 한 치의 흐트러짐도 없이 정갈하게 매셨다. 할머니는 맵시와 솜씨로 동네에서 손꼽을 만큼 뛰어나신 분이셨다. 목화솜의 무명실을 뽑아 뒷방에 베틀을 차려놓고 어머니는 베틀에 앉아 베를 짜셨고 완고한 할머니는 외며느리인 어머니에게 길쌈의 모든 과정을 세세히 전수하셨다. 늘 꼬장꼬장한 성격의 할머니는 딸만 내리 낳는 엄마를 늘 주눅 들게 하셨지만 그래도 명절엔 엄마랑 곱게 바느질한 색동 한복을 우리들이 차려입게 해주셨다.

대학 공부를 하는 시누이(고모들) 뒷바라지와 할머니의 매운 시집살이에 어린 시절 나는 엄마의 환한 미소를 거의 볼 수 없었다. 동네 어딜 가나 내게는 이름보다는 동쪽 연동댁 딸부잣집 큰손녀라는 수식어가 먼저 따라다녔다. 일로에 소전원이라는 보육원이 있었는데 어떤 아저씨가 엄마더러 아들 삼아 키우라며 어느 날 뜬금없게 까까머리 사내아이를 집으로 데려와서 식구들을 황당케 하기도 했다.

당시 목포 정명여고를 통학하던 막내 고모에게 엄마는 텃밭을 헤집는 꿩을 잡아야 한다며 싸이나라는 약을 사다 주라는 부탁을 했는데 그런 엄마가 아무래도 미심쩍어 고모는 사오지 않았다고 했다. 과묵하신 아버지는 또 얼마나 할머니와 엄마 사이에서 생소금 같은 가슴앓이를 하셨을까.

그러던 어느 봄날 대문에 붉은 고추가 매달린 노랑 금줄이 걸렸다. 가문에 경사가 일어난 것이다. 그토록 미역국이 싫다던 엄마는 넉넉한 젖을 먹이려고 틈틈이 미역국을 끓이셨다. 닷새마다 열리는 일로 장날, 예쁜 간따꾸(원피스)를 사서 우리들을 입히셨다. 남동생이 생긴 기념으로 딸인 우리들에게 맘껏 해주고 싶은 엄마의 선물이었다.

동네 마실을 나선 할머니의 치마폭에선 휘잉휘잉 휘파람 소리가 더 높아졌다.

미다스 손 2

내가 중학교를 졸업할 때쯤 집집마다 우물을 파고 도르래를 만들어 두레박으로 물을 퍼올렸고, 가끔 아버지는 줄을 타고 깊은 우물 바닥까지 내려가 바닥 청소를 하시곤 했다. 바닥의 물을 모두 퍼내고 새 물이 말갛게 솟아 찰랑거리면 말 그대로 시원한 우물 냉장고가 되었다. 두레박을 이용해 김치나 막걸리를 깊은 곳까지 내려놓곤 했다.

그 뒤로는 마중물을 부어 펌프질하던 작두샘이 개발되었고 상수도 시설이 갖추어지기까지는 한참의 세월이 흘러야 했다.

집 우물이 생긴 후에도 많은 빨래를 할 때는 마을 앞 들샘을 주로 이용했다. 두레박으로 샘물을 퍼올려 많은 빨래를 하기가 번거로웠기 때문이다.

마을 앞 가운데에 자리한 우산각을 지나 들샘 빨래터를 오가면 여인들 뒤태에 눈을 맞추는 동네 아저씨들의 뭇시선이 못마땅했지만 사내 동생이 태어난 후로는 엄마와 나의 종종걸음이 위풍당당해졌다. 그때부터 나의 손은 농사일과 동생들 거드는 일로 거칠었다.

스물두세 살쯤 이웃 동네 중매쟁이 아주머니가 어느 날 총각 선생을 집으로 대뜸 데려와 썩 내키지 않는 맞선을 보게 했다. 찻집도 아닌 시골집 방 안에 덩그러니 둘이 앉아 몇 마디 주고받는 선을 보면서 나는 두 손을 월남치마(그 시절엔 월남치마 스타일이 유행) 속으로 슬며시 감췄다. 처녀의 손이 여리고 고와야 할 텐데 내 손은 거칠고 곱질 않았다. 엄마는 "암시랑토 않구만 그래쌌냐?" 하셨지만 나의 투박한 손이 부끄럽고 창피했다.

그 총각 선생님하고 얘길 하고 있는데 세 살배기 동생이 옆방에서 엉금엉금 기어 왔다. 지금도 생생하게 기억나는 건 그 총각 선생님이 조카냐고 물었는데 난, 어린 동생들이 많다는 창피한 생각에 얼굴이 붉게 달아올라 그냥 고개를 끄덕였다.

그 뒤 중매쟁이 아주머니를 통해 다시 연락이 왔지만 나는 그냥 거절했다. 맞선 보는 날, 어딘가 모르게 조금은 건들거려 보이는 행동이 맘에 들지 않았다. 엄마도 썩 내키지 않으셨는지 당신 딸만큼은 우리 집처럼 형제 많은 가정에 살게 하긴 싫다며 독려하진 않으셨다.

가끔은 어쩌면 그 총각 선생님에게 시집갔으면 장사꾼 아낙이 아닌 우아한 아낙으로 살았을지도 모른다는 생각을 할 때도 있다.

불새

유채꽃이 환하게 핀 봄날, 점심시간이 되면 우리들은 약속처럼 도시락을 들고 학교 뒤 노란 유채밭 속으로 들어가 도시락을 까먹었다. 흰 쌀밥이 아닌 보리밥이나 노랑 서숙밥이 담긴 도시락을 싸가는 날은 친구들이 볼까 봐 샛노란 유채꽃을 꺾어 밥을 감추던, 일명 유채꽃 도시락이었다.

보리가 찰랑찰랑 금빛 윤슬을 만들고 밀보리가 누렁송아지 등짝처럼 여물어가는 비와 바람의 계절 유월. 마을 앞 넓다란 못자리에 모종들이 개구쟁이 남동생 머리털처

럼 움쑥 자라서 논둑까지 물이 차오른 논배미에 모타레로
실려 나갔다.

모심기가 시작되면 또래 사내 녀석들은 못줄잡이로 논
둑 귀퉁이를 뛰어다니느라 바빴고, 우리는 새참 심부름으
로 밥 짓는 일을 도와야 했다. 일 년 중 가장 바쁜 때여서
할머니의 엄한 꾸지람이 허다했지만 우리는 책가방을 메
고 학교로 달렸다.

동이 트기도 전에 댓돌마루 처마 기둥에 매달린 스피커
방송에선 하루 일기 예보를 알리고 '지덕노체'를 부르짖는
새마을운동 노래가 온 동네 고샅을 어김없이 깨워 놓았다.
여기저기 너른 들판에서는 "에헤라 상사디야" 구성진 노랫
가락이 울려 퍼졌다. 그 시절 모내기는 지금으로 치면 한
바탕 민속 축제였던 셈이다.

장대비 오는 날이면 아버지는 늘 입방아처럼 "마누라
없인 살아도 장화 없이는 못 산다"고 푸념을 하셨다. 발목
까지 빠져 질척이는 황톳길, 학교에 가다가 신발이 흙 속
에 쑥 들어가 벗겨질 땐 빼내느라 동동거려야 했다. 난 초
록색 장화가 정말 신고 싶은데 엄마는 동생들 먼저 사서

신겨야 한다며 내 차례는 늘 나중이었다. 정작 새 장화를 샀을 땐 비가 오지 않아 날마다 비 내리기만을 바랐다.

이젠 그 시골길이 바둑판처럼 반듯한 4차선 도로로 다듬어져 있다. 위급한 환자가 생겨도 덜컹거리는 손수레에 실려 갔던 안타까운 시절이었다.

같은 또래이던 친구 덕자에게 어이없고 황당한 사건이 벌어진 건 어느 초여름이었다. 덕자네 부모는 밭에서 보리 타작을 하다가 싸움이 잦았는데, 일손을 돕던 덕자가 부모님의 말다툼을 보다 못해 집으로 뛰어가 그 독한 양잿물 한 덩이를 무모하게 삼켜버린 것이었다.

덕자가 사는 곳은 우리 마을에서도 1킬로쯤 떨어진 작은 도롱굴 강변 골짜기 마을이다. 당시로서는 의료 시설이 제대로 갖추어져 있을 리 만무했다. 지금 같으면 목포 시내 병원이나 아님, 더 큰 광주지역 병원으로 119를 요청해 신속히 응급 치료를 받았을 텐데……

까무잡한 피부에 유난히 이목구비가 또렷해서 볼그레 웃을 땐 덧니가 귀엽던 덕자는 정말 하얀 찔레꽃처럼 곱고

이뻤다. 덕자가 사는 동네 어귀 도롱굴 들녘에 큰 밭이 있었는데 새참 심부름을 하고 올 때면 외딴 그 오두막집에서 한동안 치료하며 지낸다는 덕자가 걱정도 되고 궁금해서 해쓱한 모습이라도 들여다보고 와야 마음이 놓이곤 했다.

병원에서 가망이 없다고 했다는 덕자는 도롱굴 외딴 토굴 같은 집에서 몇 달을 치료 아닌 치료를 하고 있었다. 노름꾼이던 덕자네 작은아버지 집이었다. 책임지고 낫게 해주겠다는 어느 불분명한 돌팔이의원 말만 믿고 맡겨버린 우매한 덕자 가족들이 원망스럽고 답답했다.

문을 열면 덕자는 마른 풀잎처럼 하얀 이를 드러내며 소리 없이 웃기만 했다. 덕자는 하루가 다르게 얇은 보릿대같이 시들시들 야위어만 가고 머루알 같던 검은 눈망울은 초점을 잃어갔다. 어느 날엔 맨드라미보다 붉은 피를 토해내는 덕자를 보며 눈물을 훔쳤다.

덕자는 알 수 없는 그 돌팔이의원에게 유월의 장미보다 더 붉은 전부를 맡겼다. 오두막집 뒷방 한 켠에서 그 중년 남자는 까만 씨앗 같은 표정을 지으며 작은 질그릇에 희디흰 가루를 갈고 있었다. 토끼 눈을 한 나의 의구심과는 상

관없이 그 이상한 남자는 무슨 약을 조제해 먹이며 치료해 준다고 자청했을까.

보리가 익어가는 계절이 오면 꿈만 먹고도 배가 부르던 시절, 노을처럼 붉게 출렁거린 덕자의 선한 눈매가 슬픈 음악처럼 떠오르고, 이젠 아련한 기억의 그늘로 다가와 가시처럼 시린 잔상들로 서성거리기도 한다.

보리 개떡이 그립고 노랑 나비 떼가 날고 청개구리가 첨벙대는 애틋함이 풍요했던 도롱굴 강변, 그 오두막집에 그렁그렁 눈웃음이 예쁘던, 불새가 되어 먼 하늘로 날아간 열일곱 살 덕자!

찔레꽃처럼 환하게 아픈 그리움이다.

짧은 만남 긴 이별

— 금성라디오

　새 학기가 시작된 평일이라면 어쭙잖은 늦깎이 만학도란 명분을 내세우며 광주와 목포 구간을 질주하느라 분주했을 테지만 맨발로 뛰어도 바쁜 봄날이 의도치 않은 난세로 버벅거린다. 뒷집 새댁은 아홉 달 만삭의 배를 꽃밭처럼 쓰다듬고, 겨울잠을 깬 개구리는 뜨거운 봄 성사에 두 눈을 껌벅이는데, 언제 바이러스 총알을 맞을지 모르는 전쟁터에서 서로가 서로를 의심하고 경계하며 마스크를 쓰고 나가야 하는 일상이 몇 개월도 아닌 몇 년이나 지속되고 있다.

봄꽃이 온통 환하게 피어나던 무모하고 당당했던 스물한 살 때였다. 그 무렵 나는 아버지가 마을 이장을 맡고 계셔서 여러 신문사 신문을 접할 수 있었다. 신문 독자란에 게재된 어느 청년의 산문시를 보고 용감하게도 게재된 주소로 밤새워 쓴 편지를 보냈다. 일명 70년대 '미지의 꿈을 그대와'라는 펜팔이 유행하던 연두의 시절이었다.

그 청년은 마흔아홉 통의 편지를 받았는데 내가 보낸 편지가 유난히 내용이나 글씨 등이 맘에 들었다며 답장 편지 사이에 자신의 군복 입은 사진 한 장을 넣어 보내왔다. '지덕노체'를 부르짖으며 4H 회장으로 활동하던 스물한 살 촌 가시내는 그렇게 몇 개월간 애틋한 사연을 주고받으며 매일매일의 고단함을 잊었다. 하루가 멀다 하고 우편배달부 아저씨의 "편지요!" 하는 소리를 기다리며 대문에 두 귀를 걸고 살았다.

그해 가을 김장철로 기억된다. 제대를 앞두고 마지막 휴가를 나왔다는 그 밤톨머리 청년은 땅거미 어둑할 무렵 정말, 아버지의 독재가 엄혹했던, 딸이 일곱이나 되는 딸 부잣집에 성큼 찾아왔다. 훤칠한 키 그리고 사진처럼 용모가 수려하고 늠름한 훈남 청년이었다.

뜬금없이 찾아온 사랑방 손님, 어떻게 저녁상을 차려 냈는지, 부끄럽고 가슴만 콩닥거렸다. 김장철이어서 배추 김치, 깍두기, 무생채 김치 등 소찬만 그득하게 차려 냈던 것 같다. 안방에서 부모님과 마주 앉은 청년은 대담하게 약혼 얘기를 아버지께 건넸다. 그 청년도 우리처럼 형제자매가 많아 여덟 남매나 된다며 위로 결혼 안 한 누나가 있는데 삼 년쯤 여유를 준다면 그동안 준비해 장가를 들겠다는 다부진 의견을 내비쳤다

그러나 아버지는 완고하게 당신 의견만 주장하시며 받아들이지 않으셨다. 혼기를 앞둔 처녀가 무작정 몇 년을 기다리겠냐는 이유였다. 옆에서 지켜보시던 엄마는 그 청년이 안타까웠는지 우리 둘만의 시간을 갖게끔 옆방으로 가서 얘길 나누게 하라며 아버지를 설득하셨다.

잠시 후, 오붓한 둘만의 시간이 주어졌다. 옆방으로 건너간 나는 평소 쾌활한 나답지 않게 윗목에 다소곳이 비껴

앉았다. 그 사람은 내게 윗목이라 추울 테니 가까이 오라며 아랫목에 있는 밍크 담요를 내 앞으로 끌어주었다. 그러면서 아주 찰나였지만 우람한 그의 가슴이 넓고 따뜻했다.

그러자 갑자기 안방에서 아버지의 퉁명스러운 한마디가 들려왔다.

"밤이 늦었는데 새벽 일찍 일어나 가려면 그만 잠잘 시간 안 되었다냐!"

아니! 어떻게 단! 십 분도 차분히 얘기할 여유를 안 주시는지 아버지가 정말 미웠다.

그 사람은 먼동이 트기도 전에 새벽길을 나섰고 그렇게 우린 짧은 만남, 긴 이별을 했다.

이튿날 엄마에게 울먹이듯 물었다.

"아니 아부지는 어째서 둘이 얘기할 시간도 차분히 안 주고 번갯불마냥 재촉만 하심서 그럴 수가 있당가?"

내게 돌아온 엄마의 대답은 정말 어이없고 황당했다.

"이이고! 그놈의 라디오 선반이 문제였어야! 라디오 틈새로 느그 둘이 있는 방 안을 눈 딱 대고 들여다보고 있어브냐."

"오오매! 머시라고라!"

나는 얼척없어 할 말을 잊었다.

그 후로 아버지가 얄밉고 원망스러워 한동안 마주 대하기도 싫었다. 우편 배달 아저씨가 매일처럼 대문 앞에 전달해 준 편지들도 대부분 집에 계신 아버지가 먼저 받아 보았었다. 뒤안 우물가 식구들 빨래통에 담긴 아버지의 옷 주머니에서 구겨지고 물에 젖어 얼룩진 편지를 펼쳐내 읽었던 게 몇 번인지 모른다.

그 시절 유일한 정보통이 돼주던 긴 목침만 한 금성라디오, 하루 일과가 끝난 저녁이면 엄마가 유독 좋아하신 연속극을 듣기 위해 온 식구들이 우르르 라디오 아래로 몰려 앉곤 했다. 드라마 주인공인 고은정 남성우 이창환 등이 열연한 〈사랑의 느티나무〉 〈섬마을 선생님〉 등. 그 시절 애틋했던 연속방송극은 엄마를 비롯한 딸부잣집에 비타민 같은 시간을 선사했다.

이런 식구들의 수런거림이 못마땅했던 아버지는 안방과 작은방이 연결된 한쪽 벽을 뚫어 그 자리에 라디오를 부착했다. 양쪽 방에서 열 명도 넘는 식구들이 나눠서 들을 수 있게 배려하신 것이다. 하지만 그 '라디오 틈새'가 스물한 살, 연둣빛 설렘의 불시착 감시망이 돼버린 셈이다.

지금 생각하면 참 웃프고도 황당한, 아찔했던 추억이기도 하다.

한동안 바이러스 전쟁으로 불가피하게 한가한 시간이 되고 보니 오래전 빛바랜 추억들이 떠오른다. 그 시절 전주 팔복동에서 부채 만드는 공장을 한다던 지극히 순수해 보였던 그 청년. 지금은 어느 하늘 아래서 한 편의 소설처럼 은밀히 익어가고 있을까?

까마득한 옛날이 봄날처럼 환하게 차오른다.

전라도 처녀와 경상도 총각

"낼 아침 내가 함께 갈 것잉께 입고 갈 옷이나 손질해 놔라!"

전라도 처녀가 경상도 총각이 사는 남해까지 맞선을 보러 간다는 건 꿈도 못 꿀 일이었다. 아버지는 그 한마디를 뒤웅박 던지듯 내뱉으시고는 그만 잠들 자라며 불을 끄셨다.

유월이 되면 농가마다 양잠 산업으로 뽕밭에서 뽕잎을

따느라 일손이 다사했다. 누에를 치는 일에는 잔손이 많이 갔다. 아침 이슬이 걷히면 뒷밭에 나가 뽀득거리는 초록의 뽕잎을 따는 것으로 농가의 하루가 열렸다. 하루에 서너 차례 꼬물거리는 누에들한테 먹이를 주어야 하기 때문이었다. 누에가 뽕잎 갉아 먹는 소리는 마치 여름날 소낙비 쏟아지는 소리와 흡사했다.

하늬바람을 맞은 보리가 누렇게 익어가고 못자리에서 옮겨진 모들이 논배미마다 녹색으로 함뿍 차오르면, 마을 사람끼리 품앗이로 앞집 뒷집 아우르며 모를 심었다. 마당을 뛰어다니는 검둥개에게도 심부름을 시킨다는 말이 있을 정도로 눈코 뜰 새 없이 바쁜 날, 남해 바닷가에서 과수원을 한다는 그 청년은 부모님을 찾아뵙겠다는 편지를 불쑥 보내 놓고 일주일 후 여수행 급행열차를 타고 일로역에 도착했다. 손엔 과일상자를 들고 멋쩍은 표정으로 다가선 순박한 미소가 미더워 보였다.

"편지 주고받은 주인공이 맞습니까? 시골에 농사짓는 아가씨 같지 않습니다."

땅거미가 납작 엎드린 일로역 개찰구 앞에서 처음 대면

한 그의 첫인사였다. 까무잡잡한 얼굴에 가지런한 이를 드러내 보이며 사뭇 여유 있는 표정을 지어 보였다.

오로지 손 편지가 소통의 유일한 수단이었던 시절. 나는 그 무렵에도 글 쓰는 일을 좋아해서 가끔 방송국이나 『새농민』지에 글을 보내곤 했다. 그 인연으로 당시 유행한 펜팔이란 걸 몇 번 하게 되었는데, 남해 바닷가 청년도 펜팔이 계기가 되었다.

그 사람은 자정이 다 되도록 아버지 앞에 무릎을 꿇은 채 남해 부모님께 인사를 같이 갈 수 있도록 허락을 해주시라는 부탁을 절실하게 하고 있었다. 딸부잣집 맏딸인 나를, 그것도 정신없이 바쁜 농번기에 먼 길을 떠나보낼 아버지가 아니었는데, 그의 순박한 행동이 괜찮아 보였는지 아버지가 동행하는 조건으로 허락을 하셨다.

읍내에서 의상실을 하는 친구에게 맞춰 입은 당시 유행했던 나팔바지와 검정 니트를 입고 한껏 멋을 부린 촌 가시내는 일손도 제쳐둔 채 텃밭에서 마늘을 캐는 엄마의 잔소리도 귓등으로 흘리며 아버지와 여수행 열차를 탔다.

여수항에 도착했을 땐 이미 남해로 아침저녁 두 차례 운항하는 배가 출항한 후였다. 우린 어쩔 수 없이 여수항 갯내음이 가득한 여관에서 1박을 해야 했고 바로 옆방에 투숙한 남해 청년은 잠을 못 이루는 눈치였다. 밤새 미닫이문이 유년 시절 엄마의 베틀 소리처럼 잘그락거렸다.

그렇게 예정 없는 하룻밤을 지새우고 통통배를 타고 남해로 출발했다. 청정 해역 여수 바다는 유리알처럼 투명해서 마치 대형 수족관처럼 말갛게 드러나 보이고 산호초들이 무수히 하늘거렸다. 가끔 씽긋거리며 내게 눈짓을 보내는 그는 어린 소년처럼 상기된 표정이었다.

이윽고 도착한 경상도 남해 들녘은 온통 마늘밭이었는데 듬성듬성 마늘을 캐는 작업이 한창이었다. 마을 어귀에 들어서는 우리 일행을 인근 밭에서 일하던 사람들이 호기심 어린 눈으로 쳐다보았다.

집 안에 들어서니 온통 집 주변이 수목원에 온 듯했다. 그의 부모님은 내가 이미 며느리라도 된 듯 아버지와 나를 반기셨다.

"이런 귀한 인연이 어디 있겠습니까? 하늘이 정해준 인연이 아니겠능교! 경상도와 전라도가 사돈을 맺는 일이 보통 인연은 아니지요!"

청년 아버지의 호탕한 웃음소리가 쩌렁쩌렁 방 안에 가득했다.

과수원 하는 집이라서 여러 가지 빛깔 좋은 과일주를 내오며 아버지께 술을 권하셨다. 거나하게 술 한잔씩을 주고받는 틈을 타 우리 둘은 인근 상주 해수욕장으로 나갔다. 조약돌이 잘그락거린 해변을 달려 보고 그가 가지고 나온 통기타 반주에 맞춰 나는 노래도 불렀다. 우리는 서로의 만남이 익숙한 연인들처럼 시간 가는 줄 몰랐다. 영원할 것 같은 미래를 상상하며 말이다.

그렇게 예정된 이별의 시간을 망각한 채 바닷가를 거닐다가 여수로 돌아가는 오후 배 시간을 놓치면 큰일이란 생각에 아쉬움을 뒤로하고 그의 집으로 정신없이 뛰었다.

알싸한 술대접에 취하셨는지 아버지는 어이없게 곤히 주무시고 계셨다. 부엌에선 옆 마을로 출가해서 산다는 누나가 점심 준비를 하고 바닷가에서 잡은 갈치회라며 한가득 장만한 밥상을 차려 냈다.

융숭한 점심 대접을 받고서 아버지와 나는 마을버스를 서둘러 타고 여수 가는 포구로 부랴부랴 향했다. 떠날 때 그의 부모님은 몇 개의 과일 묘목을 정성껏 담아주며 가져가 심으라면서 꼭! 좋은 인연이 이어지길 원한다며 아쉬운 표정을 지으셨다.

아버지를 따라나선 발걸음이 진흙에 달라붙은 듯 무거웠다.

그는 포구까지 오토바이를 타고 와서 안절부절못하며 우릴 배웅했다. 그때 처음 느낀 이별의 아릿함이란. 서로 헤어질 때 열차나 버스를 타면 금방 시야에서 멀어지는데 부두의 이별이란 유행가 가사처럼 배가 눈앞에서 아득해질 때까지 서로를 한참이나 바라보게 한다는 걸.

여수항이 저만큼 바라다보일 때까지 그는 포구에 서서 손을 흔들며 마지막처럼 우릴 떠나보냈다. 그런 그의 모습이 안타까워 차마 고개를 들지 못하는데, 아버지께서 얄궂게 한마디 던지셨다.

"워따메! 너도 손 한번 흔들어 줘라, 저 녀석이 아직도 안 가고 저렇게 손을 흔들어 쌌는구만!"

　그땐 아버지가 그렇게 원망스러울 수가 없었다.

　살면서 같이 사는 사람이 더러 소원해질 땐 아련한 정념의 시간들이 그리워진다. 밀보리가 익어가는 이맘때면 남해 쪽빛 그 한적한 포구에서 가시나무 새처럼 시린 몸짓으로 쓸쓸히 손 흔들던 그 청년의 모습이 먹물처럼 번진다.

손아, 고마워!

내 고향은 전남 무안군 일로읍 의산리 인의산 마을이다. 의산리에선 제일 큰 마을이었다. 김장철이면 무나 배추를 집에서 소금물에 절이지 않고 영산강을 이용했다. 일꾼이 지게로 지어 마을에서 떨어진 영산강 건건한 강물에 담가 놓으면 바닷물에 절여져서 씻는 동안 적당히 간이 배어 김장을 하면 아삭아삭한 식감에 김치맛이 달큰하고 게미졌다.

을씨년스런 겨울날 집에 오면 할머니는 무쇠솥 아궁이

에 눈물이 쏙 빠지는 매운 생솔가지로 불을 때서 한 솥 가득 고구마를 쪘다. 정말 구수하고 맛있었다. 따끈한 아랫목 보온 기능이 돼 준 밍크 담요에 푹 묻어둔 양은 밥통, 그 속에 담긴 보리밥에 숭덩숭덩 썬 총각김치와 배추김치 그리고 뒤안 장독대에 잘 묵힌 송어젓을 칼칼한 고춧가루와 통깨를 섞어 버무려 밥상에 올리면 특별한 반찬이 아니어도 가족들의 맛깔난 밥상이 가득했다.

그땐 청태 김도 귀해서 고소한 참기름 간장에 밥하고 김만 먹어도 맛있던 시절이었다. 목포에서 온다는 생선 장수 아줌마가 다라이에 생선을 잔뜩 담아 머리에 이고 오면 고등어 갈치 그리고 이리꾸(마른멸치) 등을 곡식과 맞바꿔 먹을 수 있었다. 한글학자셨던 할아버지는 내가 국민학교 1학년 때 환갑을 못 넘기고 하늘로 가셨고 할머니는 그래도 뒤늦게 아들 손자 둘을 옹골지게 보듬어 보신 후 여한 없이 눈을 감으셨다.

지금은 건강식이라며 잡곡밥을 선호하지만 그 시절, 벼농사는 대부분 수확 후 미곡상회로 판매되었기에 주식으로는 잡곡밥만 먹었다. 식은 밥이 남을 땐 누룩가루를 버무려 부뚜막 위에 놔두면 달달한 단술이 만들어졌다. 걸죽한 단술은 지금의 요구르트보다 더 맛있는 음료 역할을 했다. 막걸리를 좋아하시는 아버지 때문에 아랫목 한 비짝 구석진 자리에 놓인 항아리에선 술 익는 냄새가 늘 방 안에 진동했다. 아련한 추억들이다.

그러던 어느 날 조금은 깐깐한 성품의 옆지기와 맞선을 보았다. 엄마는 검소하고 술 담배를 하지 않는 자수성가한 성실한 청년이라며 내 등을 떠밀었다. 내가 추구한 이상형은 아니었지만, 나는 예식장에서 결혼식을 한 친구들과는 달리 전통 혼례식을 원하는 시댁의 뜻에 따라 말 그대로 앞마당에서 족두리를 얹고 결혼식을 치렀다.

한 가정의 아낙으로 살아 내기엔 불온한 일상이 반복되기도 했지만, 건강한 몸과 마음을 저축해가며 내 몫만큼의 분수를 지키길 스스로 위로하며 묵묵히 닳은 신발 끝을 다독였다.

가끔 취미 생활로 좋아하는 생활 도자기도 만들고 일상의 분신인 글을 쓰며 무한하게 살게 해준 늘 꿋꿋한 만능 도구가 되어준 고마운 손!

수월하게 의지하며 AS도 받지 않고 소소한 내 일상을 빛내주는 손이다. 만능 도구가 돼주는 두 손이 이젠 자주 삐걱대고 멈춰서 둥글게 게으름을 피운다.

오늘도 난, 투박하고 못생긴 손이지만 결코 부끄럽지 않게 잘 살아준 손을 뜨겁게 가슴으로 보듬어 본다.

그래! 손아, 참! 고맙고…… 감사하구나!

제2장

도전은 늘, 찬란한 통증

가끔 삶이 아프고 견디기 어려울 때 나를 지탱케 해준 건
유일한 꿈을 갖게 해준 문학이었다. 우리는 무엇을 삶의 근
원이라 여기며 살아가고 있는 걸까. 어느 날 문득 먼 세상
으로 뒷모습을 흘린 벗들이 생겨날 땐 허탈함으로 가슴이
먹먹해진다.

-「그래도 그땐 젊었다」 중에서

복사꽃이 필 때면

– 아버지 생신을 기념하며…

"엄니! 햇볕이 징허게 따글거린디 마당에 나간다고만
해싸쇼?"

"나는 암시랑토 않해야 깝깝증 나서 그런다. 위째, 느그
아부지는 들에 가서 집에 들올 줄을 모르끄나, 밥때가 다
됐는디…"

앞마당 당신이 심어 놓은 복숭아나무 아래, 초점 잃은
눈빛이 마당을 맴돈다

수선화 꽃멍울이 부풀던 봄날,

아버지는 엄마가 보고 싶다며 화순 병원에서

며칠 동안의 절대 고독을 견디지 못하시고

보기도 아깝다는 아들 손에 누운 풀잎처럼 얹혀 집으로

오셨고

그렇게 한나절 엄마 곁에 머무시다 불온한 기침을 몇

차례 토하신 후

먼 나라 영혼이 되셨다.

집 뒤안 뜨락 우물 냉장고, 여름날이면 두레박에 매달린

아버지의 은밀한 애인이 돼주던 막걸리병은

땅거미 납작해지면 도르레 줄을 타고 올라와 아버지와

입을 맞췄다.

청운의 꿈을 접고 오롯이 농삿일과 엄마밖에 모르던 아

버지,

열아홉에 족두리 올리고 풋각시 되어 아홉남매 낳아 키

우며

아버지 잔소리마저도 노랫소리로 듣고 사셨단 엄마는

평생 아버지의 호흡이었다.

아흔이 넘어도 부부 정이 유별해서 딸부잣집 아홉 남매

자식 농사 풍성하게 잘 지었다고 동네 사람들 덕담이

복사꽃처럼 환했던…

일로 장날이면 당신의 재산 목록 1호인 네 바퀴 오토바

이를 타고

늘 의기가 만년 청년 같았던 아버지…

복지관 노소녀들 인기를 한 몸에 짊어지고 하회탈 웃음

으로

대문을 열어젖히던 아버지셨다.

그런 당신이 우주를 버리고 떠나시던 날…

허망하게 말 한마디도 못 했는디, 오메! 이 일이 뭔 일

이다냐!

삼베 두루마기 꽃버선 신겨 드리던 날
흰 국화 가슴에 얹어 놓으며 엄마는 속울음을 삼키셨다.

"나한테 딸만 낳는다고 느그 할매 외며느리 모진 시집
살이 그리 시켰어도 느그 아부지 평생! 발목 희컨 아낙을
봐도 외눈 한번 꿈쩍 안 한 양반이었어야! 해 다 저무는디
느 아부지 아직도 밭에서 안 오고 뭣허고 있으끄나?"

먼저 소풍 떠나신 아버지 기억조차 싫으신 걸까…
치매 검사 센터에서 섬망증이 있으신 것 같단다

어느 날부터 지우개 하나가
엄마 머릿속에 들어앉아 주파수를 돌리고 있다.

아버지의 노래

유년 시절, 소낙비 쏟아지는 날이면 땀띠 죽인다고 동생들하고 런닝구에 팬티만 입고 마당으로 뛰어나가 회초리처럼 따끔한 빗줄기를 맞았다. 작달비가 퍼붓는 날엔 마누라 없인 살아도 장화 없인 못 산다는 발목까지 빠지던 황톳길. 십 리 길이 넘는 학교로 가는 소잿등 길목엔 지금은 품바 발상지란 비석이 세워져 있다.

천사촌으로 불리는 그곳에는 자근이라는 사람이 인근 마을로 동냥을 다녔다. 2부 수업으로 혼자 학교를 가는 날에는 그 사람과 마주칠까 두려워 동네 어귀 망재를 넘어 다녔다. 그가 사는 마을을 지나갈 땐 발뒤꿈치가 머리 뒤 꼭지까지 닿도록 뛰었다.

유독 노래를 즐겨 부르신 아버지는 몇 년 전 전국노래 자랑 예선에 두 번 참여하셨지만 특별한 장기가 없어 아쉽게 본선 진출은 하지 못하셨다. 대신 읍내 연꽃축제 '왕잠자리 합창단'으로 군민합창대회에는 나가시곤 했다. 그 후론 아예 노래방 기기를 안방에 설치해 놓고 틈틈이 여흥을 즐기셨다. 가족 행사가 있을 땐 "큰딸 노래 한 곡 불러보거라" 추켜세우시곤 했다.

외아들로 태어나 문장과 필체가 뛰어나셨던 아버지는 청년 시절 신문사에 잠시 근무하셨는데 청운의 꿈을 접으시고 전원에 평생을 바치셨다. 스무 살에 고운 새악시를 만나 사모관대를 쓰기가 바쁘게 군대에 복역하셨고 6·25 전쟁 중이어서 큰딸인 내가 태어났을 때도 휴가를 제대로 못 나오셨다고 한다.

언젠가 서울 공영방송 MBC에서 다사한 가족 프로그램 방송 취재차, 촬영팀이 내려와 리포터가 아버지께 구남매 중 유독 큰딸과 둘째 딸 터울이 4년인데 이유가 있었나요? 하며 짓궂게 묻자 하사 군복무로 전쟁 중이라 휴가도 없어 각시를 못 만나 그런 거라고 하셔서 한바탕 웃음바다가 되기도 했다.

밥보다 막걸리를 좋아하셨고 노래 부르기를 즐기셨으며 닷새 장날에는 으레 행사처럼 유유자적하신 아버지, 네 발 오토바이를 타고서 노인대학도 다니시며 복지관 노소녀들 인기를 독차지하시고 연꽃 축제 행사에 왕잠자리 합창 단원으로 활동도 하신 멋쟁이 아버지.

어쩌면 한 편의 시처럼 노래처럼, 한 생을 영화처럼 제작한 풍경이었다.

그래도 그땐 젊었다

사십 대 불온한 열정은 그저 푸슷푸슷 밥 익어가는 소리에만 안도하며 도매 물류업에 종사하는 남편 옆에서 쓰고 싶은 글 한 편도 여유롭게 쓰질 못했다. 어쩌다 노트장을 붙들고 있으면 남편은 몹시 못마땅한 눈빛을 추겨세우곤 했다. 그 당시까지만 해도 남편은 오로지 멋하고는 담을 쌓은 사람이었는데, 세월은 언젠가부터 남편의 의상부터 변하게 만들었고 밤낮을 다르게 조율해 갔다.

맞선을 볼 때만 해도 일명 야전 점퍼를 소탈하게 입은

매우 소박하고 검소한 청년이었지만 삶이란 우리를 여러 개의 색깔로 변화하게 만든다. 신혼 시절에는 멋과는 담을 쌓는 것 같아 틈틈이 생활비를 모아 내 나름 조금은 그래도 멋져 보이는 옷을 사서 입어 보라고 내밀면 쓸데없는 낭비를 한다고 힐책하던 사람이 서른이 되기 전부터 차림새가 바뀌기 시작했다.

작은 슈퍼마켓을 나 혼자 운영하다시피 했고 남편은 모호한 밤 시간이 지나면 들어오고 심지어 며칠씩 집에 들어오지 않았다. 일명 '쉘 위 댄스'라는 무도회장에 열정을 바치던 위험천만한 시기였다. 이혼을 해야겠다고 몇 번을 몽탄면사무소에 가서 의뢰를 했었지만 나 혼자서는 성립될 수 없는 헛발질이었다. 그렇게 남편은 수년 동안 쉘 위 댄스에 중독돼 있었고 가정생활을 등한시했다.

어찌 보면 평생을 판매 업종에만 종사하며 살아온 사람이었는데 한편으로는 쉘 위 댄스가 삶의 청량제가 되었을 수 있지 않았나 싶기도 하다.

그렇게 남편의 독재적 군림에 숨비 소리만 내고 살다가 어느 날 내 안의 나를 담금질하며 잠재된 열정을 조금씩 끄집어내 도전을 시작했다. 못다 한 공부에 미련을 놓질 못하고 뜬금없는 늦깎이 학생이 되어 대입 수능 보느라 아들 딸 또래와 함께 장장 여덟 시간을 문태고 시험장에서 척추를 혹사시켰으니… 지금 생각하면 그나마 아직이란 젊음이 동반했기에 가능한 일이었다. 2017년에 광주대 문창과를 수시합격한 나는 4년간 매일 자가 운행으로 등교하여 2021년에 졸업했다.

가끔 삶이 아프고 견디기 어려울 때 나를 지탱케 해준건 유일한 꿈을 갖게 해준 문학이었다. 우리는 무엇을 삶의 근원이라 여기며 살아가고 있는 걸까. 어느 날 문득 먼세상으로 뒷모습을 흘린 벗들이 생겨날 땐 허탈함으로 가슴이 먹먹해진다.

세상은 여전히 힘듦에도 늘 이렇게 살아볼 만하다고, 오늘도 만만하게 의지하는 내 안의 또 다른 나를 응원하며 한결같은 행보로 늘 처음처럼 씩씩하게 'ing' 할 것이다.

가족 영화를 만들다

– 엔돌핀이 돼주는 나의 분신

딸부잣집 맏딸로 자란 난, 구남매 뒷바라지로 부모님이 늘 힘들어하신 걸 보면서 결혼하면 나부턴 아이를 꼭 둘만 낳겠다고 다짐했었다.

결혼을 하고 나는 정말 딸 하나 아들 하나 남매를 낳아 키웠다. 두 아이가 초등학교, 중학교 다닐 때 유통업에 종사한 남편의 영역으로 나는 슈퍼마켓을 몇 년 간 운영했다. 처녀 때와는 달리 매사에 야물지 못해 그 시절엔 왜 그렇게 외상으로만 물건을 사가는 사람들이 많았는지, 외상

값도 번번이 받지 못하고 떼이는 일이 허다했다.

방학 때면 용돈 벌겠다며 남매는 알바도 뛰고 가게 일도 도우며 철이 들었던 듯싶다. 배우고 싶어 하는 음악 학원이나 미술 학원을 제대로 보내주지 못했는데, 그럼에도 스스로 알아서 공부하며 재수도 하지 않고 딸애는 국립대 경영학과를 졸업한 후 인터넷 사업에 뛰어들었다. 디자인 공부를 하고 싶어 했지만 뒷받침을 못해준 게 늘 지금도 가슴에 응어리로 남는다.

알뜰하고 야무진 딸은 결혼하면서 혼수도 번거로움 없게 저 혼자 알아서 준비하고, 결혼 전에 쓰던 엔틱 화장대까지도 그대로 가져가 사용을 하겠다는 야물딱스런 살림꾼이다. 마음 씀씀이가 대견한 딸을 지켜보면서 혼수마저 여유 있게 챙겨주지 못한 애잔함이 어미의 맘이 아닐까 싶다. 어려서부터 유독 고양이를 좋아한 딸은 결국 애견용품을 취급하는 사업을 하고 있다.

올해로 백 세가 되셨던 시어머님은 치매 증상이 조금 있으셨는데 초겨울 황망한 먼 길을 떠나셨다. 백 세가 다 되셨어도 시골집에서 간병보호사 도움을 받으시며 대소변도 스스로 가리신 깔끔한 어머님이셨는데, 대장에 탈이 나 병원에서 몇주간 수술 치료를 받으시곤 미음 수액으로 버티시다가 결국 돌아가셨다.

딸애와 아들애는 며느리인 나보다 다정다감하게 할머니를 잘 챙겨 드렸다. 먼 길 떠나시고 안 계시니 추석 명절에도 댓돌에 신발이 덩그러니 놓인 채 어머님의 온기만 그림자처럼 여기저기 남아 있는 듯했다. 잘해드리지 못한 일들만 생각나 가슴이 먹먹하다.

딸아이는 시골집 외할아버지, 외할머니에게까지 틈틈이 간식거리도 챙겨 보낸다. 정작 실속이 없을 예술 분야에 열정을 쏟는 동생을 힐책하면서도 동생을 위해선 아낌없는 지원군이 되어주는 딸과 사위가 늘 고맙고 미안하다. 더군다나 딸애는 광주까지 4년제 문창과를 다니겠다는 늦깎이 만학도인 철없는 엄마를 응원하며 지원해주었다. 윤기 없는 내 삶의 청량제가 돼주는 숨 같은 가족들이다.

지금처럼만 인품 출중한 장남 같은 든든한 사위와 한결같이 잘 살아가길 바랄 뿐이다. 미흡한 엄마로서 딱 하나, 소원을 말한다면 사위를 닮은 잘생긴 아들과 예쁜 딸 낳아서 알콩달콩 사는 것이다. 그 모습을 지켜볼 수 있다면 더 바랄 게 없다.

중고등학교 땐 틈틈이 백일장 대회도 참여해 금상과 우수상을 수상하며 글쓰기 재능을 보이던 아들은, 서울예대 문창과에 입학해 장학금을 받으며 졸업을 하고 목포로 내려와 다시 동신대 영상학과와 대학원을 수료한 후 대학 강의도 나가며 세월호 인권 영화제 등 독립영화 감독으로 전남 최초 독립영화관을 개설, 활동하고 있다.

아들은 그저 좋아서 하는 일이겠지만 영화 제작 이런저런 일 등으로 날밤을 새우는 대책 없는 남편과 사내 아이만 셋을 낳아 수고하는 고마운 며느리 율리아(세례명)에겐 그저, 늘 미안한 마음만 앞선다. 음악 분야에도 재능이 탁월한 꿈나무 손주들! 우리 가족의 든든한 희망들이다.

익어가는 탓일까. 잔소리도 이젠 뜸한 옆지기, 누구보다 더 매일을 치열하게 살아낸 사람. 목포 지역에서 유통 영업에 대가를 이뤄낸 사람이라고 해도 과언이 아닐 만큼 성실한 사람. 이젠 소소한 일상 속에서 배려해줌이 조금은 넉넉해진 듯하다.

축복처럼 함께해준 소박한 가족은 내겐 모두가 삶의 호흡이며 말 없는 것들의 위로이고 스승이다!

무성한 산야를 살찌우는 가을이 한창 무르익어 깊어간다.

오늘도 가족이라는 제목 앞에 감사드리며 겸허히 두 손을 모은다.

키 작은 당신이 그립습니다

- 우리 며느리는 소갈머리는 좋아

바람재 가는 길이 먹먹해집니다

오래전 청계 바닷길을 돌아올 때도 그랬었지요

"밥 묵고 가그라"

대나무 지팡이를 양손에 짚으신 채

사립문 밖까지 따라 나오시며

건성거린 며느리 배웅해주시던,

이제는 댓돌 위에 흰 고무신만 사뿐히 누워 있네요

서른일곱에 적막한 봄꽃이 되어 버린

키 작은 수선화를 닮은 당신은

부지런히 봄을 부른 매화나무처럼

한여름 자줏빛 꽃을 피운 오동나무처럼

한 백 년을 치열하게 싹을 틔우셨지요

윤기 흐른 검은 눈썹 지워내며 살다 살다가

민들레 홀씨처럼 먼 나라로 훨훨 오르셨네요

당신의 쉼터엔 그림자 온기만 키가 큽니다

눈물처럼 익숙한 숨비 소리가 그립습니다.

오월은 어버이 달이기도 하지만 성모 성월의 달이기도 한다. 낮 미사가 끝난 후에 성가대 사진 촬영을 한 후 곧장 집으로 향했다. 퇴원한 아빠 문병차 일산에서 내려온 딸과 사위가 기다리고 있어서다. 함께 양가 시골집에 다녀와야 해서 아들과 며느리 또 손자 녀석들까지 집안은 왁자지껄 정신이 없다.

동네 꽃집에 들러 카네이션을 사고 이것저것 챙겨갈 짐 등을 봉고차에 싣고 부산하게 집을 나섰다. 구순이 넘으신 할머니가 아직 정정하게 살아 계셔주니 딸아이는 늘 좋아라 한다. TV를 켜둔 채 이웃집 마실을 가셨는지 한참을 마을 주변을 찾아봐도 안 보이신다.

마당 멍석엔 금방 다듬어 헤쳐놓은 파릇한 쑥이 한 아름 널부러져 있는데 뒷등 쪽으로 찾으러 간 아들애가 할머니 쑥 캐고 계신다며 무슨 보물찾기라도 하듯 들뜬 목소리다. 딸은 쭈굴쭈굴해진 할머니 젖가슴을 더듬으며 마냥 철없는 어린애가 된다. 고령이시지만 귀만 조금 어두우실 뿐, 매사에 어찌나 바지런하신지 모른다.

며칠 전 마을 관광 갔을 때도 기어이 함께 따라나섰다고 뒷집 어른이 한마디하신다.

"에공~ 어머님 이젠 따라다니시려면 힘드니까 단체 관광은 그만 자제허셔요."

그렇게 말씀은 드렸지만 정정하게 함께 다녀오실 수 있으셔서 내심 뿌듯했다. 도시 생활은 갑갑해 단 하루도 못 산다시며 평생을 뿌리내리고 산 시골집이 편하고 좋다고 하신다.

화기애애한 시간도 잠시, 해 질 녘 길에 애들 외갓집 일로 부모님 댁에 들렀다. 팔순 동갑이신 두 분이 오붓하게 사시는 시골집 마당가엔 꽃잔디가 흐드러지게 피어 온 마당이 온통 분홍빛이다. 딸애가 외할아버지 술안주 하시게끔 가져간 삼겹살은 앞마당 잔디에서 어느새 석쇠에 노릇노릇 구워져 온 식구들 저녁 만찬이 돼주었다.

딸인 나보다 더 외할머니 외할아버지께 상추쌈을 싸서 드시게 하느라 열심이다. 엄마는 "너들 먹능 거 보믄 안 묵어도 배부르다!" 어럿 손녀 손주들 바라보며 흐믓해 하신다. 아버지는 "우리 큰딸 한잔 마셔라 내가 담근 몸에 좋은 구지뽕 술이다."며 따라주신다. "오늘은 나도 운전대 안 잡은께 편하게 한잔 해블라요." 구남매 첫딸인 나를 아버지는 특별한 딸이라도 되듯 챙기신다.

바람 잘 날 없을, 울 아홉 남매를 평생 조율해주시는 부모님이 참으로 존경스러울 뿐이다.

"할아버지 할머니 큰딸 일행들 이제 갈 시간이네요."

딸애가 서운한 듯 떠날 채비를 한다. 밤늦게 올라가야 할, 딸 아이 재촉에 다사했던 시간을 남겨둔 채, 아쉬운 발걸음을 옮겼다.

* 대장 수술 후, 입원 치료 받으셨지만 식음을 못 하시고⋯ 백 세를 맞으신 그해, 하늘 길 떠나신 요한나 시어머님, 천상 안식을 빕니다!

임자가 젤 소중헌 사람이여!

"느 이메가 인지녁엔 허리 통증으로 솔찮히 보대낀 것 같으다."

아침 일찍 아버지가 누르는 숫자 1번 전화 횟수가 잦으시다.

"니가 안 바쁘믄 집에 와서 느그 어메 델꼬 일로 김내과에 한번 댕게 오니라."

"아니 또 앞에 텃밭 풀 매신다고 일허신 것 아니지라우? 암튼 급한 일 좀 얼른 봐놓고 가 볼께요."

익어갈수록 서로 의지하는 건 부부밖에 없다더니 옆에 계신 아버지로선 걱정이 크셨나 보다. 끄떡하믄 서로 잔소리 징허다고 하면서도 엄마가 조금이라도 거동이 불편해 보이면 애를 태우신다.

우리들은 늘상 아버지더러 그동안 평생을 오토바이에 의존만 하시고 걷기운동을 하지 않으신 때문이라고 말씀드려 보지만 운동을 좋아하지 않는 아버지 옆에서 같이 사는 엄마는 늘상 속 터진다며 우리들을 만나기만 하면 아버지에 대한 불평이 끝이 없으시다.

그러면서도 서로 잠시 눈앞에 안 보이면 전화기에 저장된 번호 1번을 누른다. 저장된 1번은 아홉남매 첫째인 내 번호이다. 요양 보호사님도 두 양반 따로따로 오전 오후 시간을 분담해 방문 케어를 해드리고 있다.

일로읍 단골 김내과에 진료를 받고 있는 어머니께 통증 완화 주사를 놓아드리며 의사 선생님은 "이젠 노쇠하시니 틈틈이 물리치료 받으시고 힘든 일은 절대 안 하셔야 합니다. 아따! 근디 어머님은 아버님하고 부부간 정이 유별하셨나 봅니다. 아홉 남매를 두셨다면서요 하하하~"하고 일

부러 우스갯소리를 던진다.

주사를 맞는 와중에도 어머니는 의사 선생님한테 친절하게 한마디 답을 다신다

"오메! 먼 정이 유별해서 많이 낳았것소? 그저 젖 띠기가 무섭게 또 애기가 들어서블믄 그냥 생긴 쭉쭉 다 낳아븐 것이 그랬지라우. 영감이 독자였는디 딸만 줄줄이 낳다 보니 단 하루도 차분히 산후조리도 못해보고 놈(남)들 모르게 애기도 안 낳은 것처럼 드러눠보도 못하고 나와서 일하고 살았당께요. 요샛 시상같이 맨날 메칠씩 산모조리는 꿈도 못 꾸던 시상이었지요."

"아이구, 정말 고생 많으셨구만요~ 그래도 딸 많이 둔 어르신이 부럽습니다. 전 무뚝뚝한 아들만 둘입니다. 하하하~"

올 삼월, 아직 날씨가 풀리지 않는 쌀쌀한 기온이어서 아버지는 마당에 멍멍이 밥그릇을 데워준다고 커피포트에 물을 끓이시다가 그만 발로 부딪혀 뜨거운 물을 엎지르셨다. 거실 바닥에 일순간 쏟아진 뜨거운 물을 밟아 발바닥

에 화상을 입게 되셨다.

일로 집과는 제일 가깝게 사는 나, 그리고 막냇동생이 어머니의 다급한 전화를 받고는 부랴부랴 일로 집으로 가서 아버지를 싣고 목포중앙병원 응급실로 모시고 가서 응급처치를 받았다. 아버지께 한마디 하려다 꾹 참았다.

입원 치료를 해드리고 싶었지만 3월까지 진행된 코로나로 병실에 보호자가 상주해야 한다고 해서 할 수 없이 집에서 한 번씩 병원으로 통원 치료를 받을 수밖에 없는 상황이 되었다.

양발에 화상을 입은 터라서 누가 옆에서 보조하지 않으면 아버지 스스로 움직이질 못하시니 보통 불편한 상황이 아니었다. 평일 낮시간은 요양사 님의 케어를 받는다지만 밤 시간이 큰 문제였다. 아버지의 육중한 몸을 일으켜 우선 화장실까지 모시는 게 보통일이 아니라서 허리가 불편한 엄마로서는 엄두도 낼 수 없는 상황이었다. 집안의 난제가 아닐 수 없었다.

자식들이 아홉이나 된다지만 각자 주어진 일로 시간을 내기가 어려웠다. 그렇다고 코로나가 조심스럽기도 해서 한밤에 케어해 줄 사람을 구하기 힘들었다. 어쩔 수 없이 재활을 받으며 치료를 병행할 수 있는 가까운 요양병원으로 아버지를 입원시켜 드리기로 했다.

어르신들이 제일 가기 싫어 하는 요양원이 아닌 요양병원이었지만 아버지 스스로 엄마 수고도 덜어줄 수 있으니 입원해 다시 걸을 수 있게끔 재활 운동을 꼭 하시겠다는 의지를 내보이셨다. 엄마는 아버지더러 휠체어에 의존하지 말고 당신 스스로 걸어서 집에 오시라는 다짐을 주셨다.

김제 사는 넷째 여동생은 자주 병문안을 못 갈 수 있으니 요양 보호사를 별도로 한 사람 쓰게 하자며 거금을 보탰다. 매주 아홉 남매들이 돌아가며 아버지 병문안을 하기로 했다.

어느새 아버지는 요양 보호사님하고 친해지셨고 재활 운동도 열심으로 받고 계셨다. 가끔 맏딸인 내게 한 달만 채우고 나서 퇴원을 하시겠다는 전화를 하셨다. 그럴 때마다 난 하루라도 빨리 요양원을 벗어나시려면 힘내서 걷기 운동을 잘하셔야, 그래야만 그 감옥 같은 요양 병원을 하루 속히 나오실 수 있다고 협박 비슷한 위로를 드렸다.

우린 틈틈이 아버지의 근황을 요양 보호사님하고 주고
받았다. 동네에서 잉꼬부부로 소문이 난 부모님, 며칠이
지나자 엄마는 금방 아버지가 보고 싶다고 하셨다. 평생
옆에서 아웅다웅하시면서도 하루도 떨어져 사신 일이 없
던 두 분이었다. 요양 보호사님께 두 분이 영상통화를 하
실 수 있게 가끔 연결해 주라는 부탁을 드렸다. 요양 보호
사님은 그 뒤 그렇게 해드리고 있다고 연락을 주셨다. 정
말 편리한 세상이 아닐 수 없다.

한 달 하고도 일주일이 지났을 때 아버지의 전화를 받
았다.

"나 인자 퇴원할란다! 혼자 일어나 화장실도 갈 수 있으
니 하루빨리 퇴원 절차 밟도록 하거라, 당최! 요양병원은
있을 곳이 아니다!"

전화기 속 아버지의 목소리엔 불안함이 배어 있었다.

드디어 아버지를 퇴원시켜 드리는 날, 요양병원 직원인
듯한 퇴원 수속을 밟고 병원을 나서는 우리 일행 등 뒤에
서 중얼거렸다.

"요양병원에 입원해 들어오는 사람은 거의 다 죽어서 나가는데 구십 넘은 영감님이 퇴원해 나가는 건 이례적인 일인걸…"

　지난 가을날 오후,
　아버진 마당가 잎이 무성한 나무들 잔가지를 치고 계셨다.

가슴앓이

2대째 독자 집안으로 시집온 어머니는 설상가상으로 딸만 내리 낳으셔서 가슴이 왼통 숯덩이가 되셨다. 아들 손자만을 유독 기다리는 성품이 대쪽 같으신 할머니는 외며느리인 어머니에게 짱짱한 시집살이를 시키셨다.

요즘 시대는 아들딸 차이를 두지 않지만 그 시절 독자 집안의 며느리였던 엄마는 할머니의 혹독한 시집살이를 묵묵히 견뎌야 하는 애환의 날을 보내셨다.

그래도 할머니는 우리 손녀들에겐 한없이 인자하셔서

기죽지 마라고 더 유별나게 단장해주면서 키우셨다. 서울로 유학 가서 피아노 학원을 운영한 셋째 고모는 예쁜 옷들을 계절마다 사서 우리들에게 보내주고 안데르센 동화책도 보내주셨다.

할아버지는 아쉬운 손녀딸만 보시고 눈을 감으셨고, 할머니는 기어코 아들 손자 둘을 보듬어 보신 후 세상을 떠나셨다.

첫 남동생을 낳았을 때 어머니는 뜨거운 눈물을 연신 훔치셨고, 입이 귀에 걸린 할머니는 동네 사람들에게 아들 손자 자랑하시느라 이 골목 저 골목 분분하셨다.

아들 손자 턱이라며 돼지도 한 마리 잡게 하셨고, 막걸리를 좋아하는 아버지 때문에 어머니가 늘 아랫목 한 비짝에 담가둔 걸쭉한 막걸리 항아리도 내놓아 동네잔치를 벌이셨다.

시골 처녀답지 않게 유난히 향학 열정이 높았던 셋째 고모는 서울에서 보육과 대학을 졸업하고 유치원 교사로 발령받아 큰조카인 나를 데려가 중학교를 보내주기로 가족들에게 철통같은 약속을 했고, 나는 고모를 따라 무안 일로에서 강원도 황지읍까지 유학 아닌 유학을 했다. 첫 조카인 나를 고모가 데려간 것은 집에서 고모를 대학에 보내주면 대신 조카를 가르치겠다는 가족과의 약속 이행이었다.

셋째 고모는 얼굴도 영화배우처럼 예쁘기도 했지만 특히 피아노 재능이 많아 시골 교회에서도 반주자로 탁월한 활동을 했다. 그 후 서울로 유학 간 셋째 고모를 뒤이어 막내 고모가 대신 교회 반주를 맡았다. 그런 셋째 고모는 급기야 서울에서 보육대학과 신학대학을 장학금으로 다녔다.

농사만 짓고 특별한 재정 혜택이 없던 당시의 농가에선 유일하게 돼지를 키워 한 배에 열 마리도 넘게 새끼를 낳으면 한두 달쯤 키워 일로 닷새 장날에 팔았다. 귀엽고 똘망스런 까만 새끼돼지를 팔아 목돈을 마련해 고모들과 우리의 학비 등을 해결했다.

시집살이 얘기를 모두 쓴다면 전과 사전보다 더 두꺼울 것이라고 지금도 시리게 푸념하시는 엄마. 일로 연꽃축제에 '왕잠자리 합창단' 단원으로 활동하신 아버지는 군민 합창 경연대회에 작년에 이어 올해 두 번째 87세 고령으로 참석하셨다.

보물 1호인 네 발 오토바이를 타고 은근히 폼을 내며 복지관에서 노랠 배우며 즐겨하시는 아버지. 몇 년 전, 전국노래자랑에 나가는 게 유일한 꿈이셨는데 예선에 통과를 못하신 후론 전국노래자랑 도전의 꿈은 접으셨다.

이젠 두 분이 팔순 중반을 지나 옆 마을에 있는 교회도 함께 다니시며 우리 아홉 남매를 조율하시며 평화로운 노후를 아웅다웅 보내고 계신다.

도전은 늘, 찬란한 통증

내 나이 스물세 살, 막걸리 한 잔도 못 마시는 남자를 만나 남매를 낳고 불온했던 젊은 날, 푸슷푸슷 밥 익어가는 소리에만 안도하며 살다가 어느 날 문득, 종종걸음한 나를 바라보며 못다 했던 늦깎이 공부를 시작했다.

그 나이에 등록금 대신 여행이나 다니지 뭐 하러 고생을 사서 하느냐는 친구들의 유쾌한 핀잔을 듣기도 했다. 작년 백 세를 맞으신 시어머님, 부단한 삶을 치열하게 살아내시고 먼 길 떠나셨다. 온 가족의 배려가 원동력이 돼

용기를 갖고 긍정의 힘을 스스로 다독이며 인생을 여행처럼 살려고 노력한다.

어쩌다 지쳐갈 때마다 멀리 일산에서 켓츠 용품 사업을 하고 있는 딸아이의 "엄마! 필요한 거 있음 얘기하쇼!"하는 생글거린 문자는 힘이 나게 한다.

가슴에 그리움을 걸어두는 문장이 차오르는 계절이다. 떡갈나무는 나이가 없다고 한다. 달력은 어느새 가벼워지고 코빗 전쟁으로 힘든 시간들이 날쌘 치타처럼 달려간다. 때론 준비 없는 사랑을 하고 준비하지 못한 이별을 아쉬워했다. 철없는 아내를, 엄마를, 배려하고 응원해준 숨 같은 가족은 언제나 뜨거운 스승이다.

주어진 소소한 일상에 감사하면서 남은 여정은 무성함을 비워내는 일이다. 문단의 큰 나무이시고 내겐 문학 세상의 대들보이신 양성우 시인, 나의 외삼촌께서 2017년 제 1 시집 『꽃잠을 들키다』의 서문으로 써주신 글을 옮겨본다.

시를 쓰는 내 조카 순애에게

돈이 신의 자리를 밀어낸 시대에 네가 공을 들여서 돈 안 되는 시를 쓰고 있다니 그것은 이미 축복이다. 민낯의 직설이 아니라 직유로, 비유 중에도 은유로, 너 혼자만의 눈물겹고 은은한 노랫가락으로 시의 그릇에 네 마음을 담고 있다니, 해가 떴다가 질 때까지 줄곧 주머니를 채우는 일에만 몹시 바쁜 사람들에 비한다면 그 얼마나 고고한가.

세상의 한가운데서 너는 마치 어린아이같이 티 없이 살면서 매미처럼 목청 높여 온몸으로 꿈을 노래하고 있다니, 너야말로 왕보다 행복한 사람이다. 그러니 혹시 길을 가다가 돌부리에 걸려서 넘어져도 울지 마라. 네가 땅을 짚는 그 순간에도 멋진 시 한 편이 우연히 번개처럼 네 앞에 떠오를 수 있는 법이니까. 모래가 할퀸 조갯살의 상처에서 진주가 돋아나듯이.

2010년 수능시험 치른 날

담담하려고 했지만 그래도 긴장감이 가슴을 압박했다.

"답 모를 땐 문제 속에서 대충 답을 찾아 쓰시쇼."

아침 일찍 문고 수능 시험장으로 태워다주며 아들 녀석이 당부한다. 그래, 특히 수학 문제는 찍을 수밖엔 도리가 없지야.

교문 앞에는 저마다 격려와 응원으로 많은 사람들이 북적대고 나는 조심스레 그 인파 속을 뚫고서 수능시험 표시가 된 고사장을 찾아 뛰어갔다. 안내하는 젊은 여선생님에게 몇 번 교실이냐고 묻자 수험생이세요? 하며 의아한 표정으로 안내해준다. 조금은 부끄럽고 쑥쓰러웠지만 작은 목소리로 대답을 던지고 교실에 들어섰다.

교실 안엔 손자 녀석 또래의 푸른 꿈나무들 눈빛이 번뜩였다. 오히려 긴장감보다 한결 맘이 여유로웠다. 시험감독관 선생의 시선이 가끔 뻘쭘케 하고 신경 쓰였지만 주어진 시간 십여 분 전에 대단찮은 듯 답안지를 써냈다. 모르는 문제를 붙들고 안절부절 쭈뼛거리긴 싫었다. 물론 공식 복잡한 수학은 당연한 듯 찍었지만.

10대들 속에 섞여서 수능이란 위력 앞에 분투한, 내 생애 심장이 푸르게 흔들리던 날.

살면서 한 번쯤 체험해 볼 만한 2010년 11월 18일 수능시험에 도전한 날이었다.

목포에 오면
전남 최초 목포독립영화관이 있다
– 감호소, 그 검은 역사를 재현하다

공중그네가 둥둥 떠다니는 국도 1호선이 발을 뻗는 북항을 지나 목포대교를 건너면 유달산이 마주 보이는 고하도 용머리라고 하는 섬엔 잠시 일상을 벗어나 휴식처가 되어준, 해상 데크길이 설치돼 있다.

왜적으로부터 나라를 지켜낸 호국의 성지로도 불렸으나 일제 강점기에는 군량미 비축의 최적지였다. 거센 파도로부터 천연 방파제 역할이 돼주는 우리나라 최초 목화 시험 재배 단지가 조성된 유일한 목화밭이 있는 곳이다.

하지만 고하도는 일제 강점기 시대 집 없이 떠돌던 어린 소년들이 억압받고 갇혀 살던 암울했던 감화원이 있는 역사 현장이기도 하다.

지난여름 목포 세계 마당 페스티벌 행사로 용머리에 자리한 목포 감화원의 가슴 시린 역사의 흔적을 상기하는 슬픈 영혼들의 '희생자 진혼제'가 있었다.

80년 전, 일제 강점기 왜놈들에 의해 부랑아나 고아라는 이유로 무고하게 학대받고 유린당한 그 어린 생명들이 무참하게 스러진, 갈매기의 꿈들이 묻힌 감호소! 푸른 동심이 처절하게 짓밟힌, 아직 검은 잔재들이 남아 웅크리고 있는 역사의 현장을 일제 강점기 시대 일로국민학교를 다녔던 아버지를 모시고 바람도 쏘여드릴 겸 참여했다.

진도 씻김굿 명인의 굿판이 원혼을 부르고, 진혼제를 위한 국도 1호선 밴드와 에술 극단이 슬픈 영혼들의 몸짓을 구사하는 퍼포먼스를 재현했다. 또한 처연한 어린 영혼들의 아픔을 구사한 시인의 자작시 낭독도 이어졌다. 멀리 안산에서 참여한 어느 원로 선생은 감화원에 얽힌 소년들의 처절한 내력을 얘기하다가 끝내 말끝을 맺지 못하고 울

먹여서 행사에 참여한 사람들을 숙연케 했다.

행사 마무리에 주최 측에서 유채꽃 씨앗을 나눠줘서 우거진 잡풀 밭에 씨앗을 묻었다. 못다 핀 영혼들이 환한 꽃으로 피어나 감화원 그 시린 땅을 자유롭게 훨훨 날았으면…

안타깝고 우울했던 역사의 현장 촬영에 수고해준 목포 독립영화관 시네마라운지MM. 독립영화 정성우 감독의 현장 촬영 활약이 돋보였다. 연로하신 아버지를 모시고 뜻깊은 행사에 참여한 나들이었다.

갈매기의 꿈

매듭을 짓는 12월, 올 한 해를 반추해 본다. 초로의 할머니가 되어 있음에도 나는 여전히 철없는 꿈을 꾸며 살아간다. 삶에 늘 유쾌한 일만 있지는 않듯이, 지인이나 문인중 어느 날 홀연히 뒷모습을 흘리는 경우를 본다. 날마다 감사함으로 누리는 내 삶들도 내 것이 아니기에 이젠 늘 비워내야 한다는 진리를 통증처럼 느껴가는 요즘이다.

일 년 전 초겨울 백 세로 먼 길 떠나신 시어머님, 며칠 후면 첫 기일이 돌아온다. 서른일곱 젊은 나이에 일찍 시아버님을 떠나보내시고 자식들만을 위해 한 생을 거미줄처럼 적막히 살아오신 어머님, 더 잘해드리지 못해 가슴 한 켠이 늘 먹먹해진다.

치열한 삶으로 내게 시(詩)의 뿌리를 안겨주신 시어머님. 한 생을 부단히 사셨던, 키 작은 당신이 정말 그립습니다.

아흔이 넘은 친정 부모님, 무탈하게 여생을 보내고 계시니 이 또한 축복이다. 딸이 일곱이던 구남매 딸부잣집 맏딸로 처녀 농군이란 이름이 붙을 만큼 4H 활동을 하며 야무진 작가의 꿈도 키웠었다.

막걸리를 즐겨 마시고 노래 부르시는 걸 좋아하신 아버지를 닮아 나도 적당한 음주가무에 익숙한 편이다. 내 주위를 맴돌던 애틋했던 눈빛들을 외면하고 부모님 의중을 따르느라 그렇게 썩 내키지 않던 중매결혼을 하고 생필품 도매 물류 사업을 하는 매사에 꼼꼼한 옆지기와 남매를 낳고 살아온 지 40년이 지났다.

딸애는 멋진 사위와 함께 멀리 일산에서 인터넷 켓츠 사업을 하면서 늦깎이 만학도가 되어 대학에 다닌 철없는 엄마를, 정말 생활에 도움이 안 되는 시를 쓴다(옆지기가 흔히 하는 말)는 엄마를 세세하게 챙겨준다. 속 깊은 딸이다. 독립영화 감독으로 활동하는 남동생까지 응원해주는 야문 딸이 열 아들 못잖게 든든하다. 한없이 미안하고 고마운 딸 덕분에 학교를 수월하게 다닐 수 있음도 큰 축복이다.

영상학 강의로 대학 강단에서 활동하는 아들이 그래도 늘 대견하고 자랑스럽다. 목포시 원도심 살리기 일원으로 동참하면서 힘들게 전남 최초 독립영화관을 개설하고 시민들과 예술 분야의 일익을 위해 나름 애쓰며 인권 영화제 등에 열정을 쏟고 있지만 아직은 불모지에서의 힘겨운 싸움이다. 앞으론 시민들의 관심이 높아져 예술 문화사업의 활성화로 독립영화관 일도 함께 잘 이뤄 나갔으면 하는 간절한 바람이다.

구세군 종소리가 울릴 때면 흰 눈이 쌓이고 더러는 길이 끊기기도 하겠지만 주어진 공간에서 함께 아우르며 살수 있는 매일이 축복이고 감사이다. 예술의 고장 목포의 발전을 위해선 우리 어른들이 젊은 청년들에게 더 큰 관심과 희망을 갖게 해주고 유구할 문학의 불씨를 지켜가는 문화 예술을 위해 큰 버팀목이 돼주어야 할 것이다.

오늘은 비록 힘들었지만 내일은 봄꽃처럼 환해질 거란 희망으로 독립영화 감독 아들의 무한한 꿈이 이뤄지길 두 손 모아본다.

제3장

햇살 같은 인연

시인은 한 편의 시를 다듬어 칠월을 푸르게 노래한다. 이육
사는 칠월을 청포도가 익어가는 달이라 하고 목필균 시인
은 한 해가 접힌 반환점이라고 했다. 칠월은 내겐 시리도록
붉은, 영원히 잊지 못할 그리움이고 가슴앓이다.

— 「가슴이 시키는 일」 중에서

마가렛 왈츠

들쑥날쑥 엇박자 음표 같은 모퉁이 헛간 찻집

오랫동안 잊고 지내다 찾아간 일상의 공식을 비워낸

황토 짚을 비벼 바른 흙바람 벽이

부스럼처럼 스멀스멀 떨어져 내린다.

마당 저만큼 나무에 물을 주다 말고

예약 없는 길손 봄 새악시 만난 듯 반긴다.

검정 고무줄에 묶여 갯바위 파래처럼 겨우 엉켜 있는

시인 화가의 꽁지머리가 빼꼼하게 안간힘을 쓰고

삐걱대는 키 작은 탁자 위 커피포트엔

금세 바그르르 뿜어 나온 열기가

미완성 황토벽 틈새로 숨어 들어간다.

"오월엔 이 넓은 마당에 마가렛 꽃들이

한바탕 준비 없는 공연을 펼친다오."

범상찮은 눈매가 야물딱져 보인다

물을 못 먹여 나무에게 너무 미안해 물 먹이는 중이라고

낼 비가 온다는데, 말할까? 말까?

　자연의 법칙에 허리 굽히며 사는 게 유일한 즐거움이

라며

　투박한 묵례로 말간 수채화 같은 소탈해 더 멋져 보인

　왜소한 체구의 나절로미술관 이상은 화가님

　오월 중순엔 화들짝 피어나 뭇 사내들을 유혹한다는

순수한 처녀의 꽃말이 담긴 마가렛 향연을 꼭 보러 오란다.

돌아오는 길,

환하게 피어오를 키 작은 마가렛 날갯짓에

벌써 마음은 신명 난 왈츠를 추고 있었다.

* 2012년 진도 나절로 미술관 탐방. 최근엔 마가렛 군락지에 이팝나무가 조성돼 있음.

따뜻한 눈물

가을이 오고 있었다.

온 동네 사람들 모두 이번 태풍 피해 복구 상황에 손 빌릴 여유가 없다고 했다. 볼라벤 위력에 오 시인 댁도 예외가 아니었다. 오이와 토마토 하우스는 이미 무너져 내려앉았고 그나마 절반쯤 덜 망가진 무화과나무에 열린 무화과는 일손이 없어 못 따고 있다고 했다. 지친 듯한 오 시인의 목소리가 녹슨 매미 울음 같았다.

태풍이 오기 전, 목포대 평생교육원 현대시 수강날 오

시인이 첫 수확한 무화과를 몇 박스 인편에 보내와 판매를 했는데 정말 맛있다며 아침 일찍 창작시 반 언니가 자녀들에게 택배로 보낸다며 주문을 하였다.

하지만 무화과를 따서 수송할 겨를이 없다고 했다. 저녁땐 비가 온다고 했는데. 그 언니는 몇 번을 내게 전화하더니, 원만하게 얼른 심부름해 줄 사람은 동생밖에 없을 것 같다며 조금이나마 태풍 피해로 힘들어하는 학우를 돕겠단 의중을 보였다.

나 혼자 가서 도울 수 있는 바지런함은 없는 터고 그렇다고 다 바쁜 와중에 딱히 일손을 도울 만한 사람을 구하기란 실로 난감한 일이었다. 할 수 없이 곧잘 함께 농활 일손을 돕던 문학 동아리 회원한테 도움을 청했다. 마침 집에 있어서 흔쾌히 가겠다고 했다.

먼저 택배 수송을 하려면 필요한 자재 용품이 있어야 한다면서 삼호 농협에 들러 구입하면 좋겠다고 한다. 우린 농협으로 가 상자와 아이스 팩과 용기 등을 구입해 싣고 오 시인 댁으로 향했다.

아침저녁으로 선선한 바람에 가을을 공감하지만 아직

한낮의 햇볕은 따가웠다. 며칠 전 태풍이 휩쓸고 간 들판에는 곡식들이 바람의 흔적 그대로 누워 있었다. 하지만 자세히 들여다보면 어느새 비바람의 상처 따위는 아랑곳하지 않고 쓰러진 채로도 마주 보며 햇살을 받아 익어가고 있었다.

마당에 들어서니 위 수술을 하신 후 아직 치료 중인 오 시인 아버님이 나오셔서 반갑게 맞이해 주신다. 안으로 들어가시더니 무화과 몇 개를 담아 내오시며 냉장고에 넣어 둔 것이니 시원하다며 건네신다. 우린 먼저 아이스팩 주머니를 몇 개 냉장고 냉동실에 얼른 넣어 두었다.

조금 후 밭에서 오 시인 부부가 우리가 온 줄 알고 일손을 잠시 멈추고 집에 왔다. 목숨처럼 오랫동안 일구어온 일터가 무너져 몸도 마음도 지쳤을 터인데, 흙투성이 작업복에 까맣게 탄 얼굴로 밝고 순박한 미소를 지어 보였다.

물도 넣지 않고 넣어둔 아이스팩 때문에 오 시인 부부와 한바탕 웃었다. 물을 채우지 않고 냉동실에 넣어두면 그대로 얼리는 줄 알았으니. 옛 속담에 아무리 바빠도 바늘허리에 실 꿰어 못 쓴다고 하지 않았던가!

우린 서둘러 무화과밭으로 가서 무화과를 따기 시작했다. 저녁에 비가 내린다고 하니 조급한 마음만 앞서 눈은 벌써 무화과를 다 따버렸다. 배추밭 모종을 위한 밭갈이를 끝내고 온 오 시인 부부도 함께 따기 시작했다. 다른 사람은 금방 한 바구니 따 담을 때 반 바구니도 못 채운 나는 마음만 앞선다. 나 같은 일꾼을 누가 품삯을 주고 일을 시킬까 싶었다.

땅거미가 진 후 특별히 그 언니가 택배 주문한 몇 상자를 포함해 상태가 좋은 무화과를 골라 상자에 나눠 담았다. 농염하게 너무 익어버린 무화과는 운반 과정에 금방 물러지기 때문에 따고 담는 동안 핑계 삼아 먹었다. 과일은 이렇게 발효되면 감칠맛이 나는데 우리 인생은 어떠할지, 서로 땀을 훔치며 배시시 웃었다.

무화과를 몇 개 먹다 보니 금세 배가 불러 저녁밥 생각도 없어졌다. 저녁 8시에 성당교구 합창대회 연습이 있어서 서둘러 끝내려 했는데 해남 황산면에서 목포까지 시간에 맞춰 도착하기에는 무리였다.

생각보다 무화과가 여러 상자여서 오 시인과 함께 두

차에 나눠 싣고 배달해야 했다. 회원 몇 사람에게 쑥스러움과 미안함을 무릅쓴 채 구매를 강압(?)했다. 뒤집어 생각하면 몸에 유익한 웰빙 먹거리를 이번 기회에 간편하게 먹을 수 있으니 감사한 일이기도 하다.

여기저기 거주하는 장소를 찾아 배달하는 일이 수월할 수는 없었다. 시간이 꽤 지체된 곳도 있었고 연락이 닿지 않아서 애를 먹기도 했다. 공판장에 판매하려면 체계적으로 일정한 수확이 확보되어야 한단다. 하지만 첫 수확인데다 태풍으로 무화과나무가 절반 넘게 손실돼 버려서 남은 하우스 한 동에선 균일한 출하가 불가능하다고 했다.

어쨌거나 오늘처럼 늦은 시각에도 무화과를 구매해준 여러 회원들이 감사했다.

반 회원 언니 아파트를 찾아갈 쯤엔 갑자기 천둥 번개와 소낙비로 시야가 흐려 운전이 힘들었다. 빗속에 무화과 상자를 들고 나르는 모습들이 가관이었다. 특히 늦은 시간까지 함께 수고해준 종심이 회원이 더없이 고마웠다. 밤열 시가 지나서야 배달을 모두 끝낼 수 있었다.

비는 폭포처럼 쏟아지고 배 속도 출출하고 으슬으슬 춥

기까지 했다. 태풍 피해로 어려움에 한 학우를 돕겠다는
의지가 아니면 쉽지 않은 일이었음을. 마지막 배달을 끝낸
후 동네 부근 국수집을 찾아 따끈한 냄비국수를 주문했다.
국수 국물이 눈물처럼 따뜻했다. 창밖엔 감히 거역할 수
없는 빛과 소리로 쏟아붓는 장대비가 돌아갈 길을 못내 재
촉했다.

무거운 날개

　단순한 폭풍전야가 아니었다. 한반도를 휘청거리게 하
는 태풍 볼라벤의 위력은 일본의 쓰나미 사태를 불러온 어
마어마한 폭풍과도 맘먹는 것이었다. 대자연의 거대한 섭
리에 순응하기란 쉽지 않다. 벌판이나 해안가가 아닌 도시
아파트의 베란다 앞 창밖으로 듬성듬성 서 있는 소나무와
벗나무 가지며 밑둥이 휘어지고 부러져 나간다.

　아침 일찍 정전 상태라 아파트 자체 소등이 켜졌다. 전
기가 끊기니 도시가스도 작동될 리가 없다. 베란다 창문을

흔들리지 않게 굳게 닫아둔 터라 더욱 답답해 뛰쳐나가고픈 맘이다. 집안에서도 모두 비상 태세이다.

오늘은 사무실 차량 판매는 힘들 것 같아 직원들더러 두 시간 늦게 출근하라고 해야겠다며 남편은 먼저 사무실 창고를 둘러보러 집을 나섰다. 평생을 한길만 묵묵히 걷고 있는 남편의 어깨가 유독 무거워 보인다.

아, 그렇지만 이 태풍에 걱정이 많은 것은 정작 농작물이 아닌가! 매년 어김없이 찾아오는 반갑잖은 태풍으로 작년에도 하우스에 많은 피해를 입은 해남 마산면의 베드로님, 영암의 순희 샘, 일로 산두 장명식 샘, 오 시인 등 두루 걱정이 된다. 특히 이 폭풍 속에 위험을 무릅쓰고 하우스를 채비하느라 정신 없을 오 시인.

이 엄청난 태풍에 막대한 손상은 불 보듯 훤한 일이다. 방송 특보마다 농작물 손실이 이루 말할 수 없을 만큼 엄청나다고 한다. 전국 곳곳에서 소중한 인명 피해도 늘어나고 있다. 낮에 잠깐 통화를 했더니 토마토 모종을 해 놓은 큰 하우스도 이미 찢겨 날아가고 무화과 하우스도 뜯기고 철골이 휘어져 버렸다고 한다. 올해 첫 작황에 많이 열려

익기 시작한다고 엊그제 모임 때 좋아했는데.

한없이 미약한 우리 인간이 어찌 대자연의 재난에 대응할 수 있단 말인가! 그래도 위험하니 단도리 잘하라는 말밖엔 어떤 위로의 말을 해줄 수가 없다. 연로하신 아버님 모시고 어진 아내와 열심히 살아가는 두 날개가 무자비한 폭풍에 밟혀 무거운 날갯짓을 지금 힘겹게 하고 있다.

작은 거인, 오탁번 시인

처음 가 보는 충청도 제천, 두메산골답게 원서문학관으로 가는 길은 산새가 울창했다. 계곡 사이로 한가롭게 흐르는 물은 축복처럼 쏟아지는 가을 햇볕을 받아 뽀얗게 반짝거렸다. 아담하게 자리한 백운면 애련리 원서문학관. 자그마한 체구의 오탁번 시인, 어린왕자 같은 표정으로 눈앞에 다가섰다.

허형만 지도 교수님의 면밀한 지시에 따라 우린 입구에 나열된 여러 시인들 시집을 게 눈 감추듯 가방에 넣고 유연하게 행사장 안에 들어섰다. 열세 번째 『시안』 창간 기념일 신인상 시상식에 신인상 기념패를 받고서 당선 소감을 말하는 열정 어린 눈빛들이 부러워 한쪽 눈을 감는다.

좋은 시는 먼 곳에서 혹은 낯선 곳에서 솟대의 새처럼 수평을 이루며 올려다보는 것과 내려다보는 일에 평정성의 가치관을 담는다는, 말보다 글이 더 큰 위력을 가진다는 당연한 진리의 문학 개론. 중압감을 보이는 원로 시인들 얘기가 귓속을 새앙쥐처럼 들락날락한다.

원서문학관에서 마련한 메밀 부침개와 유기농 나물의 게미진 보리 비빔밥으로 시장기를 채우고, 각 지역에서 모인 시인들의 여가의 시간이 펼쳐지자 들쑥날쑥 잔디가 성근 문학관 앞마당에 듬성듬성 둘러앉았다. 솔바람에 어우러진 시낭송은 민들레 홀씨처럼 헤실거리고 어느 시인이 따라 주는 달달하고 걸쭉한 제천 막걸리 한 잔에 못내 아쉬운 발걸음 갸우뚱거리는데.

내려갈 길 재촉하는 버스는 금세 뮤직 박스가 되고 7080 유쾌한 라이브 블랙홀, 들썩이며 질주하는 버스 안에서 메밀 향 부침개에 천등산 바람으로 빚은 제천 막걸리

한 잔 더 마시지 못한 아쉬움이 해 질 녘 붉은 노을처럼 출렁거렸다.

유쾌한 여행 스케치

며칠 동안 설렘을 안겨준 행복한 가을바람 나들이였다. 오 시인 부부를 비롯한 아홉 명이 일원이 되어 경남 합천 해인사를 향해 아침 일찍 길을 떠났다. 시월엔 유독 여러 행사들이 겹쳐 회원들 다수가 참석하지 못했지만 그래도 단촐하게 봉고차를 타고 오 시인의 안전 운행으로 유쾌한 여행 스케치를 시작했다.

해인사의 팔만대장경 천년기념관. 가야산 홍유동 계곡의 소리길, 이름 그대로 물소리 새소리를 들으며 경쾌한

발걸음을 옮겼다. 소리길 구간마다 그 지역 문인들의 대장
경 축전 걸개 시화전도 함께 어우러져 바람결에 나부끼며
우리의 눈과 귀를 머물게 했다. 해인사에 이르기까진 수많
은 차량으로 주차장을 방불케 해 막막했는데 소리길 산사
숲길은 금강산 못지않은 아름다워 그 숲에서 마냥 머물고
싶었다.

숲길 구간 시화 전시 중 특별히 오 시인 시화가 걸려 있
어 더 반가운 맘으로 감상했다. 매일 바쁜 일상에 묻혀 있
다가 모처럼 동행하는 오 시인 부부에게도 애틋한 가을 나
들이가 되는 듯해 보기가 좋았다.

연륜이 묻어나는 김성태 선생님, 이상석 작가님 덕분에
문학기행이 더욱 유익했다. TV 홍보에 부푼 기대만큼은
아니었지만 솔 향기 그윽한 홍류동 계곡 소리길은 한나절
달려와 지쳐 있는 우리의 몸과 맘을 명쾌히 씻어주기에 충
분했다. 산 그림자를 안고 단풍 꽃자리 물든 곳을 찾아 사
진 촬영도 하며 점심 땐 늘 그러하듯이 그 지방 특색인 산
채비빔밥을 먹었다.

하지만 어딜 가도 맛깔스러운 전라도의 풍요한 음식과

견줄 만한 독특한 음식은 없는 것 같았다. 파전에 동동주를 마시며 소풍 나온 동심으로 돌아가 가을날을 한껏 보듬었다. 동동주가 담긴 옹기 뚝배기 그릇이 욕심난다며 김성태 선생님이 뚝배기를 가져갈 수 없음을 못내 아쉬워하셔서 모두들 한바탕 웃어야 했다.

천년 고찰 해인사 경내로 들어가 팔만대장경 원본을 마저 들여다보니 어느새 땅거미가 내려앉아 서둘러 주차장으로 돌아왔다. 오 시인 댁에서 준비해온 가을같이 달달한 호박죽을 아침나절 휴게실 쉼터에서 먹었는데, 남은 호박죽으로 저녁을 해결하자며 가로등 훤히 비친 주차장 자갈밭에 스티로폼 조각을 가져다 깔고 앉았다. 한낮의 북적대던 인파도 사라져 우리 일행만의 호젓하고 은밀한 저녁 만찬이었다.

내가 가져온 복분자 술과 닭발 볶음 안주에 얼굴이 얼추 불그레할 때 해인사 하늘에 뜬 초저녁 반달이 부러운 듯 우릴 반겼다.

부족한 스티로폼 조각을 찾으러 잡동사니 모아둔 곳에 다시 갔다가 밥과 국을 그대로 버리고 간 상자를 발견

한 오 시인 부인이 박꽃처럼 활짝 웃으며 들고 왔다. 포장이 된 채 그대로였다. 열어 보니 아직 밥과 된장 시래기국이 따뜻했다. 이렇게 멀쩡한 일용할 양식을 어느 지각 없는 사람들이 그대로 두고 갔나.

우린 주인 없이 버려진 국과 밥을 나눠 먹으며 노을처럼 붉게 웃었다. 버린 밥 주어다 먹긴, 살면서 처음이라고 누군가 한마디 하는 바람에 또 한바탕 웃었다.

단풍빛보다 더 고운 미소를 함뿍 담은 해인사의 짧은 여정. 아쉬움과 감사함을 서로 나누며 가야산 홍류동 계곡 물소리를 뒤로한 채 남쪽 끝자락 보금자리를 향해 평화로운 질주를 시작했다.

내 몸에도 배려가 필요해

헬스투어란 어쩌면 운동에 게으른 내겐 어울리지 않는 수식어다. 그럼에도 산자락에서 한 이틀간이나마 잡다한 생각으로 헝클어진 머릿속을 숲속 바람에 시원하게 헹궈 내고 싶었다. 소설 「무진기행」을 집필한 김승옥 선생님에 대한 모임 회원의 추천으로 순천시에서 주최한 헬스투어 트레킹 시범 행사에 같이 참여하게 되었다. 하지만 맘 따로 몸 따로 내 안에서 생각이 분분해진다.

며칠 전부터 피곤함을 유독 느꼈지만 송광사 무소유 길

을 채 오르기도 전에 발걸음이 진흙에 달라붙듯 떨어지지 않는다. 몇 년 전 문우들과 불일암을 다녀올 때만 해도 이토록 몸이 무겁지는 않았는데.

세월의 순리에 익어가는 당연함일까. 법정 스님의 말씀처럼 비워내기를 해 보아야지. 모처럼 아무 생각 없이 찌든 머릿속 먼지도 털어내고. 철없이 따라나선 욕심일망정 다이어트도 좀 해 보려 했는데, 결국 일행으로부터 뒤처진 나는 송광사 입구 계곡 바위틈에 주저앉아 유유히 흐르는 물줄기와 함께 한나절을 보내고 말았다.

가끔 일어나는 빈혈 증세로 힘들기도 했지만 버스 투어로 내심 멀미도 나고 힘들었던 것 같다. 그래서 나는 버스를 타면 앞좌석을 챙겨 앉는다. 아마도 일찍 순천까지 차 운행을 해야 했기에 새벽부터 서두른 탓에 내 몸이 버거웠나 보다.

성전 톨케이트에서 강진에 사는 오명희 선생을 만나 동승했다. 우리는 수련회나 캠프에 1박 2일쯤 참여해도 옆지기의 간섭에서 조금은 여유로울 만한 나이였다. 작년 도립 도서관에서 이야기보따리 활동 전문가로 20명이 발탁 되어 한 달에 두세 번씩 이동도서관 차량을 탑승하며 함께 활동한 덕에 우리는 서로 배려하는 맘도 돈독해졌다.

순천 시내에 진입하고서도 건강지원센터가 여수 방면 가는 곳에 위치해 있어 한참 휘돌았다. 좀 늦게 도착한 우린 맨 끝 뒷좌석에 탑승해야 했다. 이번 산행 도중에 포기한 건 살아오면서 처음 겪은 일인 듯싶다.

내려온 일행을 만나 송광사 숲길에 비닐 돗자리를 깔고 앉아 몸 살리기라는 강의를 들으며 기체조라는 걸 따라 했다. 송광면 덕동길 덕동원이라는 농가 맛집에서 친환경 자연 한 상 오찬도 누려 보고, 해 질 녘엔 선암사 조계산 힐링센터에 숙소를 배정받은 후 헬스 트래킹 교육에 합류했다.

계곡 옆에서 물소리 바람 소리 들어 가며 옆지기 밥상 차릴 걱정은 한껏 던져둔 채 강석진 원장님의 '나무를 보지 말고 숲을 보자'라는 건강 강의를 들으며 그동안 함부로 대한 내 몸에게 미안한 마음을 가져 본다. 꼭 날 닮아 건강 관리에 나태한 아들을 데려왔음 참 좋았을 텐데. 이번 여름에도 국도 1호선 독립영화제 기획으로 바쁘게 뛰어다닌 아들의 해쓱한 얼굴이 떠오른다.

순천에서는 각 전문 분야에서 활동하는 젊고 유능한 분들이 주로 참여했다. 원장님의 요가 시범을 따라 하느라 굳어진 척추들이 눈빛을 세운다.

이튿날 새벽 선암사 입구 동네 장닭들이 부산을 떨어 일찍 잠을 깬다. 여섯 시 출발 강행군으로 눈 뜨자마자 세수도 못 하고 따라나섰다. 일행들과 함께 소나무 편백나무가 우거진 숲에서 녹슨 몸을 풀었다. 아침 요가를 겸한 명상의 시간에 조금은 머릿속이 맑아진 듯했다.

웰빙 식단으로 계곡 물소리 들으며 아침 식사를 하고 선암사 차마실 길에 들러 다도 예법도 배웠다. 제일대학교에서는 헬스 다리 마사지도 편하게 받았다. 순천시에서 주관하는 2회째 헬스투어 시범 행사라는데 조금은 일정이 빠듯한 듯했고 자유 시간이 넉넉지 않은 아쉬움도 없지는 않았다.

하지만 순천시와 건강지원센터에서 주최한 수고로움으로 좋은 사람들과 유쾌하고 유익한 시간을 나눌 수 있음에 감사하며 건강 검사를 마무리로 이틀간의 일정을 마칠 수 있었다.

유쾌한 집시가 되자

　강진을 처음 만난 건 내 눈빛이 맑았던 사십 대 초반이었다. 목포에서 출발해 성전 톨게이트를 벗어나 차로 한참 가다 산을 보면 '청자골 강진에 오신 걸 환영합니다'라는 문구가 보인다. 주작산 건너 산비탈에 풍만한 젊은 여인의 뒤태처럼 청자가 새겨져 있다. 청자골 입구에도, 개선문 같은 전광판에도 같은 문구가 보인다.

　2016년 3월, 우리는 『전남수필』 회장님의 주선으로 강진 맛 기행 투어에 30여 명 넘게 합류하게 되었다. 나도 성전 달빛 한옥마을 1박에 은근한 관심과 매력을 가졌다. 가끔 가 보는 곳이었지만 강진은 늘 내게 호기심을 갖게 하는 지역이다.

감성 여행의 아이콘! 강진은 곳곳의 맛집들이 병영을 비롯해 참 많은 것 같다. 장흥과 밀접해 있지만 강진에 유독 정감이 가는 건 작년에 시아문학회 주최로 영랑생가 돌담길에 걸개 시화전을 개최하면서 회원들 함께 빈번하게 다닌 이유이기도 하다.

올봄 강진군에서 추진한 맛 기행 투어는 여러 지역에서 참여한 문인들과도 교류할 수 있어서 더 유익한 시간이 되었다. 강진군청 최재영 차장님의 유쾌한 길라잡이로 우리 일행은 강진 유적지와 전망 좋은 곳곳을 탐방했다. 병영 수인산성과 하멜기념관을 탐방하고 수인관의 맛깔난 백반 정식으로 점심을 먹었다.

무위사와 월남정사, 백운동정원 12경 12첩의 고혹한 풍경은 특히 인상적이었다. 설아다원 녹차밭 사잇길에서는 모두가 한바탕 인증샷을 남기느라 여념이 없었다. 새롭게 자리한 강진 중심지인 오감통 맛집에서 상큼한 퓨전식

저녁을 맛보고 우리는 첫날 일정을 마무리했다. 성전 한옥 달빛마을회관에서 이장님을 비롯한 주민들과 함께 북소리 콘서트를 열고 시낭송을 하고 서울 박종규 교수님의 자서전 영상 강의도 들었다.

다음 날에는 호남의 금강이라 불리는 마량의 궁전횟집에서 봄 바다 향기를 가득 채웠고, 강진 청자박물관에서는 청자 머그잔을 한 개씩 선물 받기도 하며 유쾌하고 유익한 시간을 보냈다.

가슴이 답답하고 울적할 때 나는 차를 몰고 햇빛이 건건한 강진을 달렸다. 영랑생가에서 흐드러지게 핀 모란에게 눈을 맞추며 영랑의 시를 읊다 보면 영혼까지도 어느새 푸른 빛을 띠며 생기로워졌다. 사의재에서는 다산 정약용의 삶을 흠모하며 아욱국에 걸쭉한 동동주도 마셨다. 그 옛날 다산이 주모와 대작하며 시름을 주고받았다는 전설 같은 얘기에 귀를 기울이기도 했다.

황소 등을 닮았다는 후박나무가 우거진 가우도 출렁다리를 오갔고, 백련사에서는 후두둑 땅 위에 내려앉아 두 번을 더 핀다는 동백의 짧은 생을 생각했다. 다산초당에 올라 신선처럼 시 한 수 읊조리며 드넓은 강진만을 한눈에 담아 보는 시간.

유쾌한 집시가 되게 한 강진은, 내게 애틋한 추억을 보듬게 한 고장이다.

햇살 같은 인연

땅끝 해남 마산면 금강산 북쪽 산중턱에 고즈넉이 자리한 은적사라는 사찰이 있다. 그 절 아래 언덕배기 한쪽에 컨테이너와 함께 토담집처럼 자리한 아담한 찻집이 있다.

몇 년 전 강진 성전에서 주유소 휴게실을 운영하던 성당 교우 마리아와 지인을 통해 시를 쓰는 스님 한 분을 만나게 되었고, 그 스님의 안내로 그 산사 골짜기를 찾아간 인연이 시작되었다.

당시 골짜기의 그 작은 찻집은 오가는 지인들이 간간이

들러 덕담을 나누며 차 한잔 나누는 무인 쉼터였다. 우리가 처음 찾아갔을 때 유난히 얼굴이 까무잡잡한 남자가 찻집 옆 하우스 녹차밭에서 일손을 멈추고 나와 반겨주었다.

그 무렵 난, 한동안 우울해 있던 터라 가끔씩 차를 몰고 마리아와 이런저런 문학답사를 다니곤 했다. 그녀도 과중한 사업으로 몸과 마음이 지쳐 있을 때라 둘이서 그 산사를 가끔 찾은 것이다.

봄이 오면 산길 모퉁이에 콩알만 한 산딸기가 흐드러져서 또록또록 딸기 따먹는 재미가 쏠쏠했고, 말갛게 흐르는 개울엔 다슬기나 고동들이 다닥다닥 붙어 있어 정신없이 줍다가 똬리를 틀고 있는 뱀을 보고 소스라쳐 뛰쳐나오기도 했다. 비가 오면 그 옆 계곡물은 홍수를 이뤘고, 가을엔 돌 틈 사이로 새초롬한 소국들이 아름드리 꽃을 피워 정겨움을 자아냈다.

가끔 절에서 내려오신 호빵처럼 동글동글하게 생긴 스님을 뵙게 되면 더불어 덕담도 함께 나눴다. 그 컨테이너 산방 주인인 까무잡잡한 베드로라는 분은 우리 일행이 갈 때마다 한결같이 흔쾌히 맞아주었다.

큰 수술을 한 후, 수양차 마을에서 떨어진 은적사 골짜기에 녹차밭을 일구며 그 절 스님과 돈독한 교류를 가지며 지낸 듯 보였다. 그도 예전엔 베드로로 세례를 받고 한동안 성당에도 열심히 나갔다면서 지금은 사찰 일을 돌봐주며 스님과는 형제처럼 지낸다고 했다.

그 두 사람이 함께 있을 땐 개구쟁이 소년들 같아 보였다. 베드로 님은 늘 위트와 유머가 넘쳤다. 사람들이 모이면 장구 가락 장단으로 노래도 잘 불렀고 하모니카도 썩 잘 불었다. 그가 산에서 따다 담근 머루주 맛에 반해 어느 날 술독을 바닥낸 적도 있었다.

그 위쪽 절에는 수려하게 잘생긴 귀여운 어린 동자승이 몇몇 있었는데 스님은 그들을 애틋하게 보살피며 매일 학교에 자동차로 등하교를 시켜주었다. 열정이 넘치셨고 불혹의 나이가 훨씬 지났음에도 참 해맑고 소탈해 보였다.

요즘엔 한동안 가 보지 못했는데 지난번 석가 탄신일에 베드로 님이 한번 다녀가지 않겠느냐고 해서 모처럼 시간을 내서 찾아갔다. 걸쭉한 막걸리와 먹음직스러운 비빔밥을 베드로 님 부인이 챙겨줘서 난생처음 사찰 음식을 맛깔

나게 먹었다. 그날만큼은 인근 마을 어른들의 한마당 잔치였다.

산사 앞마당에서 저만큼 걸어오는 스님은 그 동글동글한 예전 모습을 잃고 쇠약해져 보였다. 건강이 안 좋으시다는 소식을 듣긴 했지만 얼굴이 은행잎처럼 샛노란 스님을 직접 뵈니 마음이 더욱 안타까웠다.

"어째 그리도 오랫만에들 왔능가?"

여울져간 노을빛처럼 스님의 미소가 아득히 쓸쓸해 보였다. 잔병엔 황우장사도 이길 수 없다더니. 강원도 고향을 떠나와 열두 살에 출가해 한평생 공을 쌓으며 걸어오신 스님. "비워두고 갈 때가 되면 훌훌 떠나야제" 하시며 묵언의 눈빛을 등 뒤로 감추신다.

삶이 우리를 힘들게 하는 건 무엇일까. 후회 없이 살아가기 위해 안간힘을 써 보지만 삶은 다시 그 자리에 부메랑처럼 되돌아와 있다.

베드로 님은 산 아래 마을 가족들이 살고 있는 집에 우릴 가끔 데려갔다. 노모님을 모시고 알뜰히 소박하게 살아가는 햇살 같은 아내가 그를 반긴다. 썩, 예쁘게만은 보아 줄 수 없을 우리 일행도 흔연히 맞이해준다. 언젠가 가을 김장하는 날 들렀다가, 해남 배추김치 자랑하는 베드로 님 입담에 덩달아 속이 얼얼하도록 배추김치를 먹기도 했다.

베드로 님 가족들 살아가는 모습은 한 편의 소설을 읽는 느낌을 갖곤 한다. 유난히 손재주가 탁월한 조경사이기도 한 그는 집안 곳곳을 동화책 속 그림처럼 고풍스레 꾸며 놓는다.

지금도 베드로 님하고 가끔 안부를 묻고 지낸다. 그 남편을 위해 마중물이 되어주는 미소가 환한 부인과도. 요전번에는 모내기에 한창 바빠 죽겠다고 아우성이다. 까무잡잡한 얼굴에 웃으면 하얀 이가 옥수수처럼 드러나는 베드로 님. 왜소한 몸집에 거대한 트랙터를 운행했다니 얼굴이 얼마나 더 까맣게 그을렸을까.

비와 바람의 계절 유월.

창밖으로 바람에 나부끼는 벚나무 이파리가 더욱 녹음을 발산하고 있다.

하늘만 보인 동네

꽃샘바람이 아직 살갗으로 매섭게 다가오는 2월 하순, 버들강아지도 눈을 빼꼼히 뜨고 홍매 청매는 이미 여린 잎을 틔우며 봉긋봉긋 피어나기 시작했다.

하늘을 3,700평 갖고 산다는 지리산 자락 구례군 문척면 동해마을. 땅거미가 어둑하게 내려앉은 후에야 맨 꼭대기 옛살비 꽃담에 새어 나오는 불빛을 보며 일행은 소리를 질렀다.

휴…… 저 집인가 보네!

맨 끝까지 올라오라는 안주인과 몇 번을 통화하면서 깜깜해진 산마을의 구불거리는 비탈길을 자동차 페달을 밟으며 올랐다. 페달을 멈추면 자동차는 여지없이 뒷걸음으로 곤두박질하게 될 것이었다.

계곡 잔등 비탈진 곳에 토담집을 짓고 살아가는 부부가 참으로 대단해 보였다. 우수가 지났지만 산동네여서인지 바람은 아직 얼음처럼 차갑기만 했다. 고로쇠 탐방을 겸한 시화 전시 및 시낭송 명목으로 1박을 계획하고 목포에서 출발했지만 초행인 구례 산동네를 해 지기 전 도착한다는 게 쉬울 리 없었다. 벌써 어둑한 저녁이 되고 말았다.

사진에서 본 일곱 마리 꼬무리 강쥐들, 이름을 일곱 색깔 무지개색으로 각각 지어줬다는 녀석들이 일곱 가지 색 리본을 달고 맨 먼저 졸랑졸랑 반겼다. 한 번은 꼭 가 보고 싶었던 산동네여서 예상은 했지만 전화 연결도 원활하지 않았다.

SNS에서 지리산 옛살비 꽃담 황토방을 발견했는데, 매일의 일상을 소개하는 글과 함께 산수화를 그려 놓은 듯 사진을 찍어 올려놓는 바지런함이 늘 돋보였다. 부부가 토담으로 아기자기하게 만들어놓고 살아가는 일상이 진솔해 보이고 동화처럼 다가오기도 했다. 깊은 산중에서 물바람을 이겨내며 살아가는 사람들의 알 수 없는 어려움들을 잠깐이나마 공감할 수 있었다.

순천에 거주한 두 분 작가는 미리 도착해 있었다. 나머지 한 분이 도착하자마자 곧바로 숙식할 방을 안내받았다. 방에 들어서는데 뜨거운 열기가 가득하고 아랫목 구들장은 맷방석만큼 까맣게 타고 있었다.

"오메! 먼 불을 이렇게 방바닥이 타블도록 때붓당가요?"

"아이구! 그러니까요, 울 옆지기 님이 멀리 땅끝마을 따뜻한 지역에서 오신다고, 산동네는 추울 거라며 황토방을 따뜻하게 해드린다며 아침나절부터 불을 때느라 그만 장작불에 방바닥이 타버렸네요."

"세상에 큰일 날 뻔했네요!"

우리 일행은 가져온 짐을 차에서 내리며 미안하고 고마운 웃음을 터트렸다.

난로 장작불에 숯불구이를 할 수 있다는 비닐하우스에

식사 자리를 만들고, 가져온 홍어와 삼겹살로 술안주를 겸해 주인 부부와 함께 화기애애한 친목의 시간을 가졌다. 해송 선생님이 「달래강」이라는 노래를 가르쳐준다기에 서로들 입을 한껏 벌리며 노랠 불렀다.

황토방으로 우리 일행들은 둘러앉았다. 허공에 가지를 내리고 사는 지리산 자작나무의 심줄, 뼈를 살찌운다는 골리수를 시음하며 그간의 시름들을 풀어 놓자니, 하룻밤이 한 사흘처럼 더디 갔으면 좋겠다는 생각이 들었다. 누군가 까맣게 탄 구들장에 오징어를 올려놓자 꼬들꼬들 구워졌다. 그렇게 주름진 눈망울들을 척추처럼 세우며 한밤이 지나고서야 벌금도 아랑곳없이 졸음에 겨운 눈을 붙였다.

이른 아침 옛살비 꽃담의 아침은 생각보다 살풋한 봄기운이 돌아서인지 바람도 나붓하니 포근했다. 영암에서 버섯 농사를 짓는 회원이 가져온 가래떡으로 떡국을 끓여서 아침 식사를 나누었다. 마트에서 봐온 재료로 젊은 샘들은 야채 반죽을 만들어 부침개를 하느라 열심이고 순천 작가님이 구례 산동까지 가서 사 온 손두부를 해송 선생님이 가져온 김장김치에 싸 먹으며 모처럼 차려주는 둥그런 두레 밥상을 편하게 맞이했다.

안채인 꽃차방으로 초대받은 우리는 수많은 종류의 꽃차가 알록달록 가득한 방에서 차를 마시며 도란도란 힐링의 시간을 가졌다. 같은 날 함께 출발하지 못한 회원 두 사람이 강진에서 출발해 거의 다 왔다는 연락이 왔다. 아쉽게 1박을 하지는 못했지만 광주의 청아 선생님도 뒤늦게 오셔서 돈독한 자리를 함께했다.

달달한 쌀엿에 가래떡에 곁들어 먹으며 꽃담 주인이 소개해 주문한 고로쇠 두 통을 시음했다. 난, 내가 만든 촛불을 켜는 자그마한 도자기 등 한 개를 가져와 꽃담 님께 소소한 정으로 전달했다. 알뜰함이 묻어나는 1박 캠프, 친절한 시간들이었다.

강쥐들의 이별

　구례에 오면 꼭 들러야 한다는 사성암 산중턱에서 시낭
송회를 하기로 했지만 날씨가 어떨지 몰라서 예행연습 겸
꽃차방에서 시 한 편씩을 낭송했다.

　안주인은 문학회에서 꽃담을 찾아와 시낭송을 하는 게
너무 좋아 보인다며 붉은 장미 허브차를 내놓았다.

　이튿날 꽃담 주인 부부가 애틋하게 키운 강쥐들을 데려
가 키울 사람은 가져가라고 했다. 정든 강쥐들과 헤어지는
게 마음 아파서인지 주인 부부는 광양 과수원으로 나무 실

으러 간다며 마당을 벗어났다.

안주인은 강쥐들에게 목도리로 리본을 만들어 예쁘게 묶어도 주고 젖먹이 아이 챙기듯 온 정성으로 키우는 것 같은데, 바깥주인은 녀석들이 너무 많아 정신없다며 데려가 키우라고 하는 것이다.

평화롭던 꽃담은 강쥐 녀석들의 생포 작전에 이리 뛰고 저리 뛰고, 엄마 아빠 보금자리에서 종종거리다 느닷없는 이별 기척에 놀란 강쥐들은 뿔뿔이 도망치느라 어지러웠다. 계곡 아래로 달아난 녀석, 집 뒤 텃밭 고랑으로 숨어든 녀석, 황토방 지붕 꼭대기로 잽싸게 올라가 꿈쩍도 않는 녀석, 행동이 느린 세 녀석들만 마당에서 그만 잡히고…… 그렇게 일곱 강쥐들의 안타까운 이별이 시작되었다.

주인은 떠나버려서 그 상황을 지켜볼 수 없었지만 옆에 있었다면 안주인 꽃담 님이 제일 마음 아파했을 것이다. 사람이나 짐승이나 어울려 부대끼며 살아도 헤어짐 앞에선 늘 섭섭함과 허전함에 한동안은 헛헛한 것인데, 꽃담 님은 얼마나 애처로워하실까.

순천 작가님이 한 녀석을 데려가고, 해남 오 회장님이

두 녀석을 각각 차에 싣고, 일정대로 우린 꽃담을 뒤로하고 사성암으로 출발했다. 토담집 지붕 위로 올라간 한 녀석이 내려오질 않고 우리 일행이 출발하는 차를 겁먹은 표정으로 내려다본다. 뜬금없는 이방인들에게 잡힐까 봐 뿔뿔이 달아나 숨는 강쥐들의 그 머루알 같은 눈망울이 자꾸 눈에 밟혔다.

한 가지 소원만을 간절히 원하면 이뤄진다는 사성암으로 올랐다. 바람 끝이 아직은 매웠다. 가져간 현수막을 사성암 돌담에 걸고 회원들 사진만 몇 컷 폰에 담고 나는 꼭대기까진 못 가고 내려왔다. 주차장으로 내려와 차 안에서 눈만 껌뻑이며 슬퍼하고 있을 강쥐들을 들여다보았다.

두 녀석은 서로 머리를 맞대며 조용히 박스 안에 귀를 쫑긋거리며 앉아 있었다. 온순하기만 한 귀여운 녀석들… 선한 주인을 닮아서일까. 초롱한 눈망울이 애틋해 보였다. 흔들거린 차를 처음 타고 있어서인지 한 녀석은 멀미를 좀 한 것 같았다. 해송 선생님은 꼬무리 두 녀석 이름을 살비와 꽃담으로 짓겠다신다.

우리 일행은 구례읍으로 와서 좀 늦은 점심을 위해 매운탕 집으로 들어갔다. 섬진강 특산물 메기탕과 은어회, 은어 튀김까지 융숭한 오찬이었다. 주인 부부랑 식사 자릴 함께했으면 더 좋았을 텐데 아쉬웠다.

그렇지 않아도 음식점에 도착해서 옛살비 토담집으로 연락하려던 참이었는데, 광양 과수원을 다녀오겠다던 꽃담 님에게서 문자가 왔다. 아는 지인 과수원에 나무를 실어와야 해서 우리 일행을 배웅도 못했다며 강쥐들은 몇 마리나 가져갔냐고 문자를 보내왔다. 땅거미 지기 전에 남은 강쥐들이 몇 마리인지 챙기기 위함이었다.

회원들에게 꽃담님 문자를 읽어주는데 가슴이 먹먹해졌다. 애틋하게 키우던 강쥐들을 떠나보낸 섭섭함에 꽃담 안주인이 안쓰러웠다. 사람이라면 헤어져 다른 곳에서 살다가도 한 번쯤 서로 연락하고 만나도 보련만 말 못 하는 동물의 세계이니… 인간으로 태어난 우리는 매사에 감사하며 살아가야겠다는 생각이 든다. 매일을 축복처럼 눈물겹게 소중한 인연들을 잘 지키며 살아가야 할 일이다.

버들강아지 따라 은밀하게 연둣빛 봄을 캐러 나섰다가 옛살비 꽃담, 올망졸망 평화롭던 귀여운 강쥐들을 이산가족으로 만든 봄날, 시린 잔상에 가슴 한 켠이 알싸해진 지리산 자락, 아름답던 봄맞이였다.

담쟁이와 언어들의 행보

삼월의 꽃샘추위에 이제 막 입을 쫑긋거리는 담쟁이 넝 쿨손 주먹이 야물어 보인다. 시로 세상을 아름답게 그린 다는 슬로건을 내세우며 '찾아가는 시화전과 시낭송 캠프' 를 강진군 시문학파기념관 영랑생가 일원에서 펼치기로 했다. 마침 강진 신문사에 근무하는 회원이 제의를 해와서 진행하게 됐다.

지난해 시월엔 목포 유달산 어민동산에서 처음 시화전 을 선보였다. 시화전 일정을 접수하러 사무소에 들렀을 때

이런 행사는 시아문학회가 처음이라며 근무하시는 분이 얘길해 주었다. 이듬해 여름 북항 농공단지 주 무대에서도 시화 전시와 시 낭송회를 펼쳤다. 주민들이 아침저녁 운동하며 읽는 모습을 보고 글 쓰는 보람을 느낄 수 있었다.

봄가을 연중행사로 멀지 않은 남도 곳곳을 다니며 찾아가는 문학 캠프와 동인 산행으로 친목을 다졌다. 처음 '찾아가는 시낭송회'는 해남 황산 면사무소에 근무하는 수필가 이상석 선생님의 주선으로 황산 면사무소에서 문학답사와 함께 뜻깊은 시도를 했다. 신문사 대기자로 활동하는 이재신 선생님도 순천에서 회원들과 참여해 문학의 열정이 돈독했던 행사였다. 자상하신 이상석 수필가님께서 해남 쌀도 한 봉지씩 나눠주셔서 알차고 유쾌한 캠프가 되었다.

온 국민을 가슴 타게 했던 세월호의 아픔이 서린 진도에서의 행사도 떠오른다. 나절로미술관 야외 헛간 찻집 '뜨락'에서 이상은 관장님의 덕택으로 인근 동네 어르신들과 몇몇 관광객들, 서망에 사는 김승환 동인, 임회면에 거주하는 이춘식 시인님까지 참여한 시화전 겸 추모 시낭송회로 작은 위로를 나누었다.

이번 영랑생가 시화전 추진에 제일 먼저 회장님과 운영진이 시문학파기념관 김선기 관장님을 만났다. 미소가 소년같이 해맑아 보이는 관장님은, 영랑생가 시화전은 강진 지역 문학회에서도 시도하지 않았는데 열정적인 시아문학회라며 흔쾌히 허락해주시며 격려하셨다.

백여 편이 넘는 시화를 설치하는 어느 날, 영랑생가 돌담 담쟁이들은 빼꼼한 눈빛으로 우릴 쳐다보았다. 삼월 중순에 시화를 설치하고서 21일 토요일에 시문학파기념관 북카페에서 인근 주민들과 강진 지역 문우들 그리고 회원 50여 명이 '찾아가는 시낭송회'를 시작했다.

세련되지 않은 말솜씨로 사회를 맡은 나로서는 미흡했지만 회원들이 의기투합하여 치른 소박하고 알찬 시간은 훈훈하고도 짙은 감동을 안겨줬다. 화순에서 온 정윤천 시인과 음유시인 이국환 님의 노랫소리와 기타 음률이 좌중을 즐겁게 했다. 김영랑 시인의 일대기와 시문학파의 유래에 대한 김선기 관장님의 강의와 강진문협 정관응 회장님의 시낭송, 백련문학회 이수희 회장님, 시아문학회 회장님을 비롯한 회원들, 목포문인협회, 목포시문학회 회장님과 회원 등이 축하 화환과 함께한 돈독한 행사가 됐다. 모임 때마다 애쓰고 땀 흘려 지은 농작물과 먹거리를 나눠주는 오 회장님, 문학 행사 때마다 맛있는 떡과 음료를 협찬해 주는 고마운 회원들, 그분들과 함께한 다과의 시간도 즐거움을 안겨줬다.

운치 좋은 사의재에서 맛깔난 매생이 빈대떡과 동동주 우엉국으로 점심을 함께한 후 토방에서 다산 정약용에 대한 문학개론을 들었다. 기네스북에 오를 만큼 백여 권이 넘는 시집을 출간한 김재석 시인 또한 강진이 내세울 만한 시인이다.

오후엔 가우도 다리를 건너 다산초당과 백련사를 들러 동백꽃 붉게 타는 만덕산 등성이를 휘돌았다. 참으로 아름다운 동행이 아닐 수 없었다.

돌담길 시화 전시 후

영랑생가 시화전은 원래 한 달 일정이었다. 그런데 영
랑생가에서 좀 더 연장하자는 연락이 왔다. 인근 주민들이
아침저녁 산책길에 오르내리며 시화를 읽는 모습이 좋아
보이고, 군수님도 돌담의 시화들이 돋보인다고 칭찬했다
고 한다. 그래서 전국에서 많은 사람들이 찾는 5월 초 영랑
축제 기간까지 더 연장하자는 것이었다.

한 달이 지났을 무렵 삐죽한 입만 내밀던 담쟁이들은
어느덧 짙푸른 초록 담장을 무성하게 만들고 있었다. 모란

은 붉게 흐드러져 영랑생가 온 뜨락을 분 향기로 매혹시키기에 충분했다. 우리 손으로 설치했지만 담쟁이넝쿨 어우러진 시화들이 햇살처럼 아름답고 눈부셨다.

시화 전시를 홍보해준 강진 빛고을신문 기자 이현숙 님과 강진신문사에 근무하는 홍수경 회원 그리고 내가 전남수필 사무국장으로 같이 활동했던 전남수필 회장 유헌 국장님께서 MBC〈전국시대〉전파를 탈 수 있도록 도움을 주셨다.

48일간의 시화 전시 여정을 마무리하고 철회하러 갔을 땐 정든 친구를 떠나보낸 것처럼 알 수 없는 아쉬움이 가슴 가득 차올랐다. 시화전 내내 수고해준 문우님들이 더없이 고마울 따름이다.

언제나 직장 퇴근 후 고단할 텐데도 목포에서 강진까지 유쾌히 차량 봉사로 수고해주신 시아문학회 김형섭 사무국장님, 우리 회원들 초대해서 반찬 장만해 맛있는 밥상 차려주신 병영 백양교회 목사님과 사모님, 문학회 활성에 언제나 든든한 주춧돌 역할을 해주시고 만날 때마다 영양 보충 잘하라며 밥을 사주시는 이상석 감사님, 강진까지 시화전 보러 와주고 음식 대접해준 문우님들, 일일이 열거할

순 없지만 모두가 다 고마운 사람들이다.

다음카페 '시와찻잔사이'로 태동해 2010년부터 매월 모임을 갖고 비영리법인 문학회로 등록하기까지 많은 어려움이 있었다. 푸른 열정으로 의기투합해 연간지를 출간하고 봄가을 문학답사 등으로 묵묵히 글을 쓰며 발걸음을 함께한 창단 선생님들과 오 회장님의 눈물 나는 수고가 아니고선 결코 이뤄낼 수 없는 결과였다.

참여는 못 했지만 늘 격려해주시고 회원들 나눠 읽으라며 여러 문학지를 틈틈이 보내주시는 허형만 교수님을 비롯해 우리 지역 최재환 시인님, 김재석 시인님, 김영천 시인님, 조기호 아동문학가님, 김선태 교수님 등도 떠오른다. 또한 특별히 내게는 멋진 외삼촌이며 문학의 거장이신 양성우 시인이 존재하신다. 창간호 행사때부터 돈독한 행보를 해주신 강성휘 전남사회서비스원장님 등 격려와 응원을 보내주시는 고마운 분들이다.

푸르게 푸르게 뻗어 지칠 줄 모르고 굳센 줄기로 타고 오르는 담쟁이처럼 늘 변함 없이 함께하는 문학 모임이 돼가길 조용히 낮은 자세로 소망해 본다.

가슴이 시키는 일

– 추월산 연가

시인은 한 편의 시를 다듬어 칠월을 푸르게 노래한다.
이육사는 칠월을 청포도가 익어가는 달이라 하고 목필균
시인은 한 해가 접힌 반환점이라고 했다.

칠월은 내겐 시리도록 붉은, 영원히 잊지 못할 그리움
이고 가슴앓이다.

금방이라도 함뿍, 초록 물이 떨어져 내릴 것 같은 남평
드들강 강변에서 민옥 선생님, 해송 선생님 외 영암 순희
친구와 번개팅을 하게 되었다. 늘 바쁜 오 시인이 남평에

모종을 가지러 올 겸 몇 사람 만남을 주선했기 때문이다. 번개팅인지라 상황이 된 몇 분 선생님들만 만나게 되었다. 40여 년 건실하게 근속한 청아 선생님의 퇴임을 기념하는 조촐한 자리이기도 했다.

친구 따라 강남 간다고 했던가, 오 시인이 가져온 아기 팔뚝만 한 굵은 고추를 두 바구니 트렁크에 싣고서 나는 순희 친구와 함께 운전기사를 자청하며 사촌 형제 자매들 1박 모임을 한다는 담양 추월산을 향해 땅거미 내려앉은 어둑한 길을 질주하기 시작했다.

빗방울이 가끔 떨어지기도 했지만 돈독한 마음이 찰랑 거렸다. 시야가 좁은 밤 운행이라 담양읍에서 추월산 행로를 잠깐 되돌았지만 미지의 세계를 찾아 떠나는 설렘에 운행의 수고로움도 괜찮았다. 친구를 따라나선 철없는 시심을 사촌들은 박꽃처럼 환하게 반겨주었다.

밤 운행을 하고 온 긴장감이 느슨하게 풀어진 때문인지 시원하게 맥주 한 잔을 게 눈 감추듯 들이켰다. 한 바구니 싣고 온 고추가 막걸리 안주에 딱 좋다며 사촌 동생은 술잔을 기울였다. 특별히 방 하나를 배려해줘서 펜션 별채에서 순희 친구와 여유로운 쉼을 가졌다. 익어갈수록 허물없는 친구가 편하고 좋았다.

우렁우렁 흐르는 계곡 물소리, 휘파람새 지저귀는 소리에 눈을 떴다. 창문을 열자 밤새 주룩주룩 비를 맞은 펜션 마을이 알록달록 말갛다. 펜션에서 물소리가 가깝게 들리는 곳을 찾아 호젓한 아침 산책을 나섰다.

마을 앞 개울가를 에워싼 대나무 숲이 밀림처럼 무성하다. 대나무의 고장, 담양이라는 말처럼 고개가 절로 끄덕여진다. 포동포동 포말을 이루며 솟구쳐 내리는 물살에 몸도 마음도 무릉도원이다.

추월산 자락으로 누가 등을 떠민 것도 아닌데, 순전히 가슴이 시키고 바람이 데려다준, 칠월의 무진기행이었다.

일단 한번 시켜 봐요

원장 수녀님의 전화를 받았다.

"엘리사벳 자매님, 이번에 한 사람만 더 근무시켜 볼래요?"

"또요?"

"호호호~ 이번에는 일 잘할 거예요. 메이라고 필리핀에서 온 다문화 가족이긴 한데요. 5년쯤 한국에 와서 살고 있는데 주일미사도 열심히 참석하고 착해요. 나이는 마흔다섯이구요, 아직 언어는 좀 서툴긴 한데 코로나 시기라서

학원엔 못 가지만 우리말 공부도 열심히 폰으로 배우는 중
이구요."

"에효! 그렇지만 수녀님, 마트에 제품을 납품하는 일이
라 점주와 언어 소통도 활발해야 하고 이래저래 어려울 텐
데요. 앞전에 부탁한 안나도 외국인은 아니었지만 요즘 젊
은 세대들은 조금 힘든 일은 못 이기더라구요. 유통 분야
에 관해선 생소한 일들이라 저희도 이해시키고 알려주느
라 너무 힘들거든요. 더군다나 출퇴근 시켜주려면 즈가리
아 씨도 그렇고 저도 그러구요!"

"자매님, 그건 염려 말아요~ 버스 노선 체크해서 버스
타고 다니면 될 꺼예요. 이번 부탁할 메이는 운전은 할 줄
아는데 앞으로 직장 얻게 되면 자가용도 구입할 꺼예요.
일단 한번 근무 시켜 봐요~ 성실하게 잘할 꺼예요."

어려운 교우들을 도와주려는 원장 수녀님 의중을 이해
는 하면서도 망설임이 앞선다. 아니! 물류 판매사원 교육
장도 아니고… 더군다나 계속되는 코로나 여파로 침체돼
있는데… 수녀님은 자꾸만 주선을 하시니…

"호호호 자매님 듣고 있어요?"

"아 네네…"

"사실은 한 달 전쯤 5년간 같이 살던 메이 남편이 먼 세상으로 떠나고 젊은 나이에 보기가 안됐어요."

"아니 수녀님! 남편이 몇 살인데 5년도 채 못 살고… 사고였나요? 메이가 이제 마흔다섯이라면서요! 어쩌다가…"

"아… 메이 남편이 나이 차가 많이 나는 60대 중반에 지병이 있어서 메이가 집에서 간호만 하고 살았다네요."

"헐! 나이가 20년이나 차이 난 사람과 결혼을 했다구요?"

"호호호~ 그러니까요… 폰으로 교류하다 서로 좋아져서 한국에 왔대요. 메이는 나이가 많은 사람이 의지가 되어 좋았다네요."

"아, 네… 그나저나 수녀님이 이렇게 부탁을 하기 해서…. 기본적인 우리말 소통은 잘 될까요? 메이도 처음 해본 일일 텐데 적응을 잘할지 알 수 없겠지만요."

"그건 걱정 말아요. 우리말 모르는 단어는 스마트폰이 알려줄 테고 일단 알바 시킨다 생각하고 근무 시켜 봐요~"

붉은 동백처럼 통째로 떨어진 슬픔을 삭히지도 못했을… 메이, 메이가 짠해진다.

내일부터 다시 일주에 5일간은 출퇴근시키게 생겼다. 서로 도움이 돼줄 수 있는, 진정성 있는 순한 인연이면 좋겠다.

꽃샘추위에도 여기저기 신음하는 봄꽃들이 허공에 피고 있다.

원초적 기도

구름 양산을 펼쳐 든 주름진 웃음들이

인의산 무룡동 밭둑 옆 교회당에 흙 묻은 신발들을 듬
성듬성 눕힌다.

교회당 안은 들풀 향기로 가득 차올라 단상 위 성경 책
은 심오한 눈빛인데

성가대 구성원은 찬송가 부른 사람, 그 옆에 피아노 반
주하는 여인

뒤쪽에 드럼 치는 청년은 표정이 없고 세 사람만 유일
하게 꼿꼿하다.

열세 분 할아버지 할머니는 노랗게 준비된 이별 연습을
배운다.
붉어진 햇살은 통째로 열어젖힌 창 너머 배롱나무 아래
헤실거리고
젊음이 바닥난 선풍기 날개는 등 휘어진 기력들에게
쉬엄쉬엄 떠밀려 낫낫한 바람을 공평하게 배급한다.

오래전 익어버린 귀청들을 뚫으며 한껏 목청을 돋아
내는
열정 순도가 뜨거운 설교는, 시편 칠장 위에 눈물처럼
숙연하고
하회탈 이마에 조율 못 한 땀방울은 얼음 담은 수건 속
에 연신 숨는다.

한 달 전, 열 남매 가정인 김 집사님 생신 예배가 있었

으며

오늘은 아홉 남매 가정인 딸부잣집 이 집사님의 생신 축하 예배라며

열세 명 팬들을 관리하는 넉넉한 몸매의 행복 배달 전도사님.

오늘은 가족 특송을 맡은 아홉 남매 우리들 이름을 언급해 기도한다.

양 권사님 직분을 받으신 어머님이 지정한 '사철에 봄바람 불어잇고'를

합창대회 하듯 아홉 개 입들이 착한 듯 둥글게 부른다.

오찬을 나눈 생활관에 신도들 숫자보다 더 많은 아홉 남매 가족들

교회 성도들 정성이 담긴 녹두를 넣은 닭죽이 은근히 게미지다.

소소하고 우렁찬 전도사님 기도가 다시 이어진다.

주님! 이 집사님 생신을 맞이해서 함께한 성도들 그리고,
먼 곳에서 모인 양 권사님 자녀들에게 건강 축복 주시
오며
매일 매일 아홉 자녀들의 기쁜 소식만 들을 수 있게
사랑의 은총을 이 집사님 가정에 내려주시옵소서!

저토록! 푸르게 거침없는 원초적 기도를 살면서 나는,
몇 번이나 간절함으로 두 손을 모은 적 있었을까.

누군가 한마디 불쑥 목소릴 높인다.
"중고 에어컨이라도 하나 구입해 교회당에 놔 드립시
다!"

바닥이 하늘입니다

얼음 조각이 흐르는 냇물에게

바닥이라고 조롱을 합니다.

뿌리도 없는 무성한 꽃잎을 날리며

호기와 교태를 부리는 화려함이

유리 가면처럼 미끄럽습니다.

금방이라도 부숴질 것 같아 안타깝습니다.

우린 늘 새로움을 지향합니다.

한때 유용하게 옆에 두고 단물 나도록 친절한

소중했던 기억마저 낡아지면 버립니다.

젊음이 풍요하다고 아름다운 향기가

영원하진 않습니다.

노틀담 꼽추처럼 모습은 삐뚤거려도

심연의 맑은 영혼이 살아 숨 쉬면

봉오리가 맺히고 향기로 피어 아름답습니다.

바닥에 떨어진 낡은 햇살을

고요히 받들며 귀를 열어준 바닥을 봅니다.

닳아서 질척거린 신발 끝을 다독입니다.

"내 바닥을 밟고 걸어요, 더 이상 상처가 생기지 않아요."

주름진 발자국에 별이 초롱입니다.

　겸허히 무욕(無慾)의 불을 지피며 어둠을 환히 물들게

합니다.

　바닥은 따뜻한 시선의 하늘이었습니다.

그리운 사람들이 하나둘 뒷모습을 흘린다.

봄날이려니, 사랑이려니 한 줌 움켜쥔 손이 부끄러워

푸른 하늘에 시선을 돌려 본다.

한 사람의 아낙이 되어 불온했던 날, 푸슷푸슷 밥 익는
소리에 안도했었고

어느 날 문득 종종걸음한 언어들이 먼지가 돼버릴까 봐
글을 쓰기 시작했다.

부모님 살아 계실 때 마파지 쉼터에 황토방을 만들어 유독 나들이를 즐기셨던 아버지와 딸부잣집 구남매 조율 사이신 어머니를 비롯해 아웅다웅 열심히 살아가는 구 남매들 함께 막걸리 잔을 나누리라 꿈을 키웠는데 올봄 허망하게 소풍 떠나가신 아버지! 이젠 홀로 남겨진 어머니께 아쉽기 이를 데 없는 늦은 수필집을 대신 바친다.

평생을 거미처럼 집터를 지켜내시며 서른여섯 젊은 나이에 시아버님을 여의시고 자식들 까망눈이 걸려 딴생각할 겨를 없이 살아오셨다는 요한나 시어머님,

누구보다 존경하는 어머님께서도 몇 년 전 백 세를 맞으시던 이맘때 민들레 홀씨처럼 먼 하늘길로 떠나셨다.

매년 김장 김치를 담아 보내주는 돈독한 시누이들,

제주도에서 한치 불고깃집을 운영하는 시누이까지 모두가 고마운 일가들이다.

오직 유통업 한 분야에서 성실하고 치열하게 살아낸 옆

지기 즈가리아와 내게 늘 긍정의 아이콘이 돼주는 야무진 이쁜 딸과 멋진 훈남 사위가 있어 행복하고, 전남 최초 목포 독립영화관 영화감독으로 오늘도 종횡무진 갈매기의 꿈을 펼쳐가는 아들과 묵묵히 그 옆을 지켜주는 수선화처럼 고운 며느리 율리아! 우리 가족들 희망이 돼주는 꿈나무 손자들,

말 없는 것들의 위로가 되어준 숨 같은 가족들,

가족이란 늘 감사와 축복을 누리게 하는 존재이다.

살아온 날들의 기억을 되감기 해 보는 허다한 일상의 허술한 문장들을 따사로운 시선으로 읽어주길 감히 두 손 모아 본다.

2024년 12월

이순애 엘리사벳

유목의 바람이 쉬어가는
높은음표 마파지 이순애 수필집

초판1쇄 찍은 날 | 2024년 12월 31일
초판1쇄 펴낸 날 | 2025년 1월 10일

지은이 | 이순애
펴낸이 | 송광룡
펴낸곳 | 문학들
등록 | 2005년 8월 24일 제 2005 1-2호
주소 | 61489 광주광역시 동구 천변우로 487(학동) 2층
전화 | 062-651-6968
팩스 | 062-651-9690
전자우편 | munhakdle@daum.net
블로그 | blog.naver.com/munhakdlesimmian
값 15,000원

ISBN 979-11-94544-01-2 03810

· 잘못된 책은 바꿔드립니다.
· 이 책 내용의 전부 또는 일부를 재사용하려면
  반드시 저작권자와 문학들의 동의를 받아야 합니다.
· 이 책은 전라남도 JeollaNamdo 전람 남도 문화재단의 후원을 받아 발간되었습니다.